DRESSLER KLASSIKER

ALAN ALEXANDER MILNE wurde 1882 in London geboren und studierte zunächst Mathematik in Cambridge. Danach arbeitete er als freier Journalist unter anderem für die satirische Zeitschrift *Punch*. Nach dem Krieg machte er sich als Theaterautor und bedeutender Kinderlyriker einen Namen. 1926 und 1928 veröffentlichte er die berühmten Winnie-the-Pooh-Geschichten. Mit den Erzählungen über die Stofftiere seines Sohnes Christopher Robin, denen er auf so unnachahmliche Weise Leben einhauchte, schuf Milne einen Klassiker der Weltliteratur, den Ernest H. Shepard kongenial illustrierte. Milne starb 1956 in Hartfield in Essex.

A. A. Milne
Pu der Bär

Ins Deutsche übertragen und
mit einem Nachwort versehen
von Harry Rowohlt

Illustrationen von Ernest H. Shepard

Cecilie Dressler Verlag · Hamburg

Sonderausgabe aus Anlass des 75-jährigen Jubiläums
des Cecilie Dressler Verlages 2003

Cecilie Dressler Verlag GmbH & Co. KG, Hamburg 1987
© Atrium Verlag AG, Zürich 1987 (für die Neuübersetzung)
Alle Rechte für die deutschsprachige Ausgabe vorbehalten
© Text by A. A. Milne and line illustrations by E. H. Shepard
Copyright under the Berne Convention
Die Originalausgabe erschien erstmals 1926
bei Methuen & Co. Ltd., London,
unter dem Titel *Winnie-the-Pooh*
Die deutsche Ausgabe erschien erstmals 1928
bei Williams & Co., Berlin
Aus dem Englischen von Harry Rowohlt
Nachwort von Harry Rowohlt
Titelbild und Illustrationen von Ernest H. Shepard
Gedruckt auf Schleipen-Werkdruck holzfrei,
bläulich-weiß, 90 g/qm, 1,75faches Volumen
Schuberlieferant: Firma Reis Verpackungen, Gütersloh
Satz: Clausen & Bosse, Leck
Druck und Bindung: GGP Media, Pößneck
Printed in Germany 2003
ISBN 3-7915-2797-5

www.cecilie-dressler.de

WIDMUNG

Hier kommen wir Hand in Hand,
Christopher Robin und ich,
Um dir dies Buch auf den Schoß zu legen.
Sagst du, du bist überrascht?
Sagst du, es gefällt dir?
Sagst du, genau das hast du dir gewünscht?
Es gehört dir nämlich – – –
Wir lieben dich nämlich.

Inhalt

Vorstellung
9

Erstes Kapitel
In welchem wir Winnie-dem-Pu und einigen Bienen
vorgestellt werden und die Geschichten beginnen
13

Zweites Kapitel
In welchem Pu einen Besuch macht
und an eine enge Stelle gerät
31

Drittes Kapitel
In welchem Pu und Ferkel auf die Jagd gehen
und beinahe ein Wuschel fangen
40

Viertes Kapitel
In welchem I-Ah einen Schwanz verliert
und Pu einen findet
49

FÜNFTES KAPITEL
In welchem Ferkel ein Heffalump trifft
61

SECHSTES KAPITEL
In welchem I-Ah Geburtstag hat und
zwei Geschenke bekommt
77

SIEBTES KAPITEL
In welchem Känga und Klein Ruh in den Wald
kommen und Ferkel ein Bad nimmt
94

ACHTES KAPITEL
In welchem Christopher Robin eine Expotition
zum Nordpohl leitet
112

NEUNTES KAPITEL
In welchem Ferkel völlig von Wasser umgeben ist
131

ZEHNTES KAPITEL
In welchem Christopher Robin zu einer Pu-Party
einlädt und wir uns verabschieden
146

ANSTELLE EINES VORWORTS
(Nachwort von Harry Rowohlt)
160

Vorstellung

Wenn du zufällig schon ein anderes Buch über Christopher Robin gelesen hast, erinnerst du dich vielleicht daran, dass er mal einen Schwan hatte (oder der Schwan hatte Christopher Robin; ich weiß nicht mehr, wie das war) und dass er diesen Schwan Pu nannte. Das war vor langer Zeit, und als wir uns verabschiedeten, haben wir den Namen mitgenommen, weil wir nicht glaubten, dass der Schwan ihn noch wollte. Ja, also, und als nun Eduard Bär sagte, er hätte gern einen aufregenden Namen ganz für sich allein, sagte Christopher Robin sofort ohne nachzudenken, er, der Bär, sei Winnie-der-Pu. Und das war er auch.

So, nachdem ich den Teil mit Pu erklärt habe, werde ich alles Übrige erklären.

Man kann nicht lange in einer großen Stadt sein ohne in den Zoo zu gehen. Manche Leute fangen mit dem Zoo am Anfang an, der EINGANG heißt, und gehen so schnell wie möglich an jedem Käfig vorbei, bis sie zu dem Käfig kommen, an dem AUSGANG steht, aber die nettesten Leute gehen geradewegs zu dem Tier, das sie am meisten lieben, und dort bleiben sie dann.

Wenn Christopher Robin also in den Zoo geht, geht er zu den Eisbären und flüstert dem dritten Tierwärter von links etwas zu, und Türen werden aufgeschlossen, und wir wandern durch dunkle Gänge und steile Treppen hinauf, bis wir schließlich zu dem ganz besonderen Käfig kommen, und der Käfig wird geöffnet, und etwas Braunes und Pelziges trabt heraus, und mit einem frohen Schrei – »Ach, Bär!« – stürzt sich Christopher Robin in seine Arme.

Und dieser Bär heißt Winnie, woran man merkt, was für ein guter Name für Bären das ist, aber das Merkwürdige ist, dass wir nicht mehr wissen, ob Winnie nach Pu benannt ist oder Pu nach Winnie. Wir wussten das mal, aber wir haben es vergessen ...

Bis hierher hatte ich geschrieben, als Ferkel zu mir hochblickte und mit seiner quietschigen Stimme »Und was ist mit *mir*?« sagte.

»Mein liebes Ferkel«, sagte ich, »das ganze Buch handelt von dir.«

»Also von Pu«, quiekte es.

Du merkst schon, was das zu bedeuten hat. Ferkel ist eifersüchtig, weil es glaubt, dass Pu eine Große Vorstellung ganz für sich alleine hat.

Pu ist das Lieblingstier, natürlich, das lässt sich nicht bestreiten, aber Ferkel ist für eine ganze Reihe von Sachen gut, bei denen Pu nicht mithalten kann; weil man Pu nicht mit in die Schule nehmen kann, ohne dass jeder davon erfährt, während Ferkel so klein ist, dass es in jede Tasche passt, wo es dann sehr beruhigend ist, wenn man es dabeihat und nicht ganz sicher ist, ob zwei mal sieben zwölf oder zweiundzwanzig ist. Manchmal schlüpft es heraus und riskiert einen gründlichen Blick ins Tintenfass, und auf diese Weise bekommt es mehr Bildung mit als Pu, aber Pu macht das nichts aus. Manche haben Verstand und manche haben keinen, sagt er, und so ist das eben.

Und jetzt sagen alle anderen: »Und was ist mit *uns*?« Deshalb ist es vielleicht das Beste, keine Vorstellungen mehr zu schreiben und mit dem Buch anzufangen.

A. A. M.

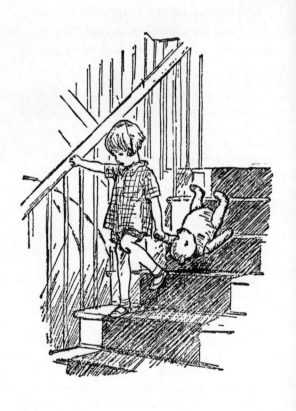

ERSTES KAPITEL
In welchem wir Winnie-dem-Pu und einigen Bienen vorgestellt werden und die Geschichten beginnen

Hier kommt nun Eduard Bär die Treppe herunter, rumpeldipumpel, auf dem Hinterkopf, hinter Christopher Robin. Es ist dies, soweit er weiß, die einzige Art treppab zu gehen, aber manchmal hat er das Gefühl, als gäbe es in Wirklichkeit noch eine andere Art, wenn er nur mal einen Augenblick lang mit dem Gerumpel aufhören und darüber nachdenken könnte. Und dann hat er das Gefühl, dass es vielleicht keine andere Art gibt. Jedenfalls ist er jetzt unten angekommen und bereit, dir vorgestellt zu werden. Winnie-der-Pu.
Als ich seinen Namen zum ersten Mal hörte, sagte ich, genau, wie du jetzt gleich sagen wirst: »Aber ich dachte, das wäre ein Junge?«
»Dachte ich auch«, sagte Christopher Robin.
»Dann kann man ihn doch nicht Winnie nennen, oder?«
»Tu ich ja gar nicht.«
»Aber du hast doch gesagt ...«
»Er heißt Winnie-*der*-Pu. Weißt du nicht, was *der* bedeutet?«
»Genau, genau, jetzt weiß ich es«, sagte ich schnell; und ich hoffe, du weißt es auch, denn mehr als diese Erklärung wirst du nicht kriegen.

Manchmal möchte Winnie-der-Pu irgendein Spiel spielen, wenn er die Treppe heruntergekommen ist, und manchmal sitzt er gern still vor dem Kamin und lauscht einer Geschichte. An diesem Abend ...
»Wie wär's mit einer Geschichte?«, sagte Christopher Robin.
»Ja, *wie* wär's mit einer Geschichte?«, sagte ich.
»Könntest du bitte so lieb und nett sein, Winnie-dem-Pu eine zu erzählen?«
»Ich glaube, das könnte ich«, sagte ich. »Welche Sorte von Geschichten mag er denn?«
»Über sich selbst. Denn *diese* Sorte von Bär ist er.«
»Aha, ich verstehe.«
»Würdest du also so überaus lieb und überaus nett sein?«
»Ich werde es versuchen«, sagte ich.
Also versuchte ich es.

Es war einmal vor einiger Zeit, und diese Zeit ist schon lange, lange her, etwa letzten Freitag, als Winnie-der-Pu ganz allein unter dem Namen Sanders in einem Wald wohnte.

(»Was heißt ›unter dem Namen‹?«, fragte Christopher Robin.
»Es heißt, dass er den Namen über der Tür in goldenen Buchstaben hatte und dass er darunter wohnte.«
»Winnie-der-Pu wollte es nur genauer wissen«, sagte Christopher Robin.
»Jetzt weiß ich es genauer«, sagte eine Brummstimme.
»Dann werde ich fortfahren«, sagte ich.)
Eines Tages, als er einen Spaziergang machte, kam er an eine freie Stelle inmitten des Waldes, und inmitten dieser Stelle stand eine große Eiche, und vom Wipfel des Baumes kam ein lautes Summgeräusch. Winnie-der-Pu setzte

sich an den Fuß des Baumes, steckte den Kopf zwischen die Pfoten und begann zu denken.

Zuallererst sagte er sich: »Dieses Summgeräusch hat etwas zu bedeuten. Es gibt doch nicht so ein Summgeräusch, das so einfach summt und summt, ohne dass es etwas bedeutet. Wenn es ein Summgeräusch gibt, dann macht jemand ein Summgeräusch, und der einzige Grund dafür, ein Summgeräusch zu machen, den *ich* kenne, ist, dass man eine Biene ist.«

Dann dachte er wieder lange nach und sagte: »Und der einzige Grund dafür, eine Biene zu sein, den *ich* kenne, ist Honig zu machen.«

Und dann stand er auf und sagte: »Und der einzige Grund Honig zu machen ist, damit ich ihn essen kann.«

Also begann er den Baum hinaufzuklettern.

Er
kletterte
und
er
kletterte
und
er
kletterte
und
während
er
kletterte,
sang
er
sich

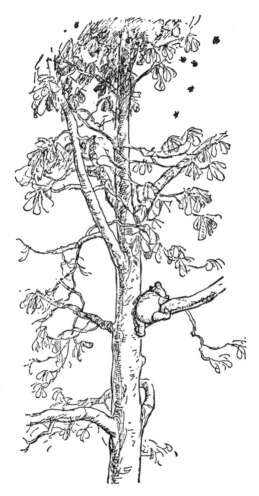

ein
kleines
Lied
vor.
Es
klang
etwa
so:

»Ich frage mich seit Jahr und Tag,
Warum ein Bär den Honig mag.
Summ! Summ! Summ!
Ich frage mich: warum?«

Dann kletterte er etwas weiter ... und noch etwas weiter ... und dann noch ein bisschen weiter. Unterdessen war ihm ein zweites Lied eingefallen.

»Schon seltsam, dass, wenn Bären Bienen wären,
Dann wäre ihnen auch ein Nest ganz unten eigen,
Und wenn es dann so wäre (die Bienen wären Bären),
Dann brauchten wir auch nicht so hoch zu steigen.«

Inzwischen war er ziemlich erschöpft, und deshalb sang er ein Beklage-Lied. Er war nun fast da, und wenn er sich nur noch auf diesen Ast stellte ...
Krach!
»Ach, Hilfe!«, sagte Pu, als er auf den Ast drei Meter tiefer fiel.
»Wenn ich nur nicht ...«, sagte er, als er sechs Meter tiefer auf dem nächsten Ast aufprallte.
»Ich wollte nämlich *eigentlich*«, erläuterte er, als er, diesmal kopfüber, neun Meter tiefer auf einen weiteren Ast krachte, »was ich *eigentlich* vorhatte ...«
»Natürlich *war* es ziemlich ...«, gab er zu, als er sehr schnell durch die nächsten sechs Äste rauschte.
»Es kommt alles, nehme ich an, daher«, entschied er, als er sich vom letzten Ast verabschiedete, sich dreimal um sich selbst drehte und anmutig in einen Stechginsterbusch flog, »es kommt alles daher, dass man Honig so sehr *schätzt*.

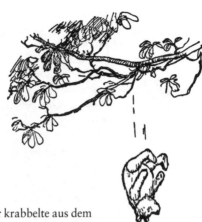

Ach, Hilfe!« Er krabbelte aus dem
Stechginsterbusch, wischte sich die
Stacheln von der Nase und begann
wieder zu denken. Und der Erste, an
den er dachte, war Christopher Robin.
(»War ich das?«, sagte Christopher Robin
mit ehrfürchtiger Stimme und wagte
es kaum zu glauben.
»Das warst du.«

Christopher Robin sagte nichts, aber seine Augen wurden immer größer und sein Gesicht wurde immer röter.)
Also besuchte Winnie-der-Pu seinen Freund Christopher Robin, der hinter einer grünen Tür in einem anderen Teil des Waldes wohnte.

»Guten Morgen, Christopher Robin«, sagte er.
»Guten Morgen, Winnie-*der*-Pu«, sagtest du.
»Ich frage mich, ob du wohl so etwas wie einen Ballon im Hause hast?«
»Einen Ballon?«
»Ja, ich sagte gerade zu mir, als ich vorbeikam: ›Ich frage mich, ob Christopher Robin wohl so etwas wie einen Ballon im Hause hat?‹ Ich sagte das nur so zu mir, weil ich gerade an Ballons dachte und weil ich mich das fragte.«
»Wozu möchtest du einen Ballon?«, sagtest du.
Winnie-der-Pu sah sich um, ob auch niemand lauschte, legte die Pfote an den Mund und flüsterte mit tiefer Stimme: »*Honig!*«
»Aber mit Ballons kriegt man keinen Honig!«
»Ich schon«, sagte Pu.
Ja, und zufällig warst du gerade am Tag zuvor auf einer Party im Haus deines Freundes Ferkel gewesen und auf der Party hatte es Ballons gegeben. Du hattest einen großen grünen Ballon gehabt; und einer von Kaninchens Verwandten hatte einen großen blauen gehabt und dort gelassen, weil er eigentlich noch zu jung war, um überhaupt auf Partys zu gehen; und deshalb hattest du den grünen *und* den blauen mit nach Hause genommen.
»Welchen möchtest du?«, fragtest du Pu.
Er steckte den Kopf zwischen die Pfoten und dachte sehr gründlich nach.
»Es ist nämlich so«, sagte er, »wenn man sich mit einem Ballon Honig besorgen möchte, kommt es vor allen Dingen darauf an, die Bienen nicht merken zu lassen, dass man kommt. Wenn man nun also einen grünen Ballon hat, könnten sie denken, dass man nur ein Teil des Baumes ist,

und sie bemerken einen nicht, und wenn man einen blauen Ballon hat, könnten sie denken, dass man nur ein Teil des Himmels ist, und sie bemerken einen nicht, und da ist die Frage: Was ist am wahrscheinlichsten?«

»Meinst du nicht, sie bemerken *dich* unter dem Ballon?«, fragtest du.

»Vielleicht, vielleicht auch nicht«, sagte Winnie-der-Pu. »Bei Bienen kann man nie wissen.« Er dachte einen Augenblick lang nach und sagte: »Ich werde versuchen wie eine kleine schwarze Wolke auszusehen. Das wird sie täuschen.«

»Dann nimm lieber den blauen Ballon«, sagtest du; und so wurde es beschlossen.

Und dann seid ihr beide mit dem blauen Ballon weggegangen, und du hast dein Gewehr mitgenommen, für alle Fälle, wie du das immer tust, und Winnie-der-Pu ging zu einer sehr schlammigen Stelle, die er kannte, und dort wälzte und wälzte er sich, bis er am ganzen Körper

schwarz war; und dann, als der Ballon so groß aufgeblasen war, dass man ihn »groß« nennen konnte, hast du zusammen mit Pu die Schnur festgehalten, und dann hast du plötzlich die Schnur losgelassen, und Pu Bär schwebte anmutig hinauf in den Himmel und blieb dort – auf gleicher Höhe mit dem Wipfel des Baumes und etwa sieben Meter davon entfernt.

»Hurra!«, hast du gerufen.
»Ist das nicht toll?«, rief dir Winnie von dort oben zu.
»Wie sehe ich aus?«
»Du siehst aus wie ein Bär, der sich an einem Ballon festhält«, sagtest du.
»Nicht«, sagte Pu besorgt, »wie eine kleine schwarze Wolke in einem blauen Himmel?«
»Nicht sehr.«
»Na ja, vielleicht sieht es von hier oben anders aus. Und, wie ich schon sagte, bei Bienen kann man nie wissen.«
Es wehte kein Wind, um ihn näher an den Baum zu blasen, und so blieb er, wo er war. Er konnte den Honig sehen, er konnte den Honig riechen, aber er kam nicht so richtig an den Honig heran.
Nach kurzer Zeit ließ er wieder von sich hören.
»Christopher Robin!«, flüsterte er laut.
»Hallo!«
»Ich glaube, die Bienen schöpfen *Verdacht*!«
»Was haben sie gedacht?«
»Ich weiß es nicht. Aber ich habe den Eindruck, dass sie *argwöhnisch* sind!«

»Vielleicht glauben sie, dass du hinter ihrem Honig her bist?«

»Daran könnte es liegen. Bei Bienen kann man nie wissen.«

Wieder trat Stille ein, und dann wandte er sich wieder an dich.

»Christopher Robin!«

»Ja?«

»Hast du einen Regenschirm zu Hause?«

»Ich glaube schon.«

»Ich wäre froh, wenn du ihn hierher bringen könntest und damit auf und ab gehen könntest und hin und wieder zu mir heraufsehen könntest und ›Tz, tz, es sieht nach Regen aus‹ sagen könntest. Ich glaube, wenn du das tätest, würde uns das dabei helfen, diese Bienen zu täuschen.«

Da hast du nur in dich hineingelacht – »Dummer alter Bär!« –, aber du hast es nicht laut gesagt, weil du ihn so sehr mochtest, und bist nach Hause gegangen und hast deinen Regenschirm geholt.

»Ah, da bist du ja!«, rief Winnie-der-Pu dir von oben zu, sobald du wieder beim Baum warst. »Ich hatte bereits be-

gonnen mir Sorgen zu machen. Ich habe festgestellt, dass die Bienen jetzt eindeutig Verdacht schöpfen.«
»Soll ich meinen Regenschirm aufspannen?«, sagtest du.
»Ja, aber warte noch einen Augenblick. Wir müssen praktisch vorgehen. Die wichtige Biene, die man täuschen muss, ist die Bienenkönigin. Kannst du von da unten sehen, welche die Bienenkönigin ist?«
»Nein.«
»Wie schade. Tja, dann, wenn du mit deinem Schirm auf und ab gehst und ›Tz, tz, es sieht nach Regen aus‹ sagst, werde ich ebenfalls mein Möglichstes tun und ein kleines Wolkenlied singen, wie es eine Wolke vielleicht singen würde ... Jetzt!«
Während du also auf und ab gegangen bist und dich gefragt hast, ob es wohl regnen würde, sang Winnie-der-Pu dies Lied:

>»Als Wolke so im Blauen schweben,
>Das ist und bleibt das wahre Leben!
>Wenn ringsherum der Himmel blaut,
>Singt jede schwarze Wolke laut:
>
>›Als Wolke so im Blauen schweben,
>Das ist und bleibt das wahre Leben!‹
>Sie fühlt sich, wenn es blaut,
>Sehr wohl in ihrer Haut.«

Die Bienen summten immer noch so argwöhnisch wie eh und je. Einige verließen sogar ihr Nest und flogen um die Wolke herum, als sie die zweite Strophe dieses Liedes anstimmte, und eine Biene setzte sich der Wolke einen

Augenblick lang auf die Nase, flog dann aber wieder weiter.

»Christopher – *au!* – Robin«, rief die Wolke.

»Ja?«

»Ich habe gerade nachgedacht und ich bin zu einem sehr wichtigen Entschluss gekommen. *Dies ist die falsche Sorte Bienen.*«

»Ist sie das?«

»Die ganz falsche Sorte. Deshalb würde ich auch meinen, dass sie die falsche Sorte Honig machen, oder?«

»Machen sie das?«

»Ja. Deshalb meine ich, ich komme lieber wieder herunter.«

»Wie?«, hast du gefragt.

Darüber hatte Winnie-der-Pu nicht nachgedacht. Wenn er die Schnur losließ, würde er – *bums* – fallen, und dieser Gedanke gefiel ihm nicht. Deshalb dachte er lange Zeit nach und dann sagte er: »Christopher Robin, du musst den Ballon mit deinem Gewehr abschießen. Hast du dein Gewehr dabei?«

»Natürlich habe ich mein Gewehr dabei«, sagtest du.

»Aber wenn ich das tue, geht der Ballon kaputt.«

»Aber wenn du es *nicht* tust«, sagte Pu, »muss ich loslassen, und dann gehe *ich* kaputt.«

Als er es *so* ausdrückte, hast du gesehen, dass es so war, wie es war, und du hast sehr sorgfältig auf den Ballon gezielt und geschossen.

»*Au!*«, sagte Pu.

»Habe ich ihn verfehlt?«, fragtest du.

»Nicht direkt *verfehlt*«, sagte Pu, »aber den *Ballon* hast du verfehlt.«

»Das tut mir aber Leid«, sagtest du, und dann hast du noch mal geschossen, und diesmal hast du den Ballon ge-

troffen, und langsam strömte die Luft aus, und Winnieder-Pu schwebte sachte zu Boden.
Aber seine Arme waren davon, dass er die Ballonschnur so lange festgehalten hatte, so steif, dass sie noch länger als eine Woche lang in die Luft ragten, und wenn eine Fliege kam und sich auf seiner Nase niederließ, musste er sie wegblasen. Und ich glaube – aber ganz sicher weiß ich es nicht –, dass er *deshalb* immer Pu genannt wurde.

»Ist das das Ende der Geschichte?«, fragte Christopher Robin.
»Das ist das Ende dieser Geschichte. Es gibt noch andere.«
»Über Pu und mich?«
»Und Ferkel und Kaninchen und über euch alle. Erinnerst du dich nicht?«
»Natürlich erinnere ich mich, und wenn ich mich dann zu erinnern versuche, vergesse ich es.«
»Der Tag, an dem Pu und Ferkel versuchten das Heffalump zu fangen ...«
»Sie haben es aber nicht gefangen, oder?«
»Nein.«
»Das könnte Pu auch gar nicht, weil er überhaupt keinen Verstand besitzt. Habe *ich* es gefangen?«
»Das kommt ja alles in der Geschichte vor.«
Christopher Robin nickte.
»Natürlich erinnere ich mich«, sagte er, »nur Pu erinnert sich nicht so recht und deshalb lässt er sich die Geschichte gern noch einmal erzählen. Denn dann ist es eine echte Geschichte und nicht bloß eine Erinnerung.«

»Ganz *meine* Meinung«, sagte ich.
Christopher Robin stieß einen tiefen Seufzer aus, packte seinen Bären am Bein und ging zur Tür, wobei er Pu hinter sich her zog. An der Tür drehte er sich um und sagte:
»Kommst du noch und siehst dir an, wie ich bade?«
»Vielleicht«, sagte ich.
»Ich habe ihm doch nicht wehgetan, als ich ihn angeschossen habe, oder?«
»Kein bisschen.«
Er nickte und ging hinaus, und einen Augenblick später hörte ich, wie Winnie-der-Pu – *rumpeldipumpel* – hinter ihm die Treppe hinaufging.

Zweites Kapitel
In welchem Pu einen Besuch macht und an eine enge Stelle gerät

Eduard Bär, seinen Freunden auch als Winnie-der-Pu bekannt, oder einfach Pu, ging eines Tages durch den Wald und summte stolz vor sich hin. Er hatte an jenem Morgen ein kleines Gesumm erdacht, während er vor dem Spiegel seine Kraftübungen machte: *Tra-la-la, tra-la-la*, und er reckte sich, so hoch er konnte, und dann *Tra-la-la, tra-la – Oh! Hilfe! – la*, als er versuchte seine Zehen zu erreichen. Nach dem Frühstück hatte er es sich immer wieder aufgesagt, bis er es auswendig konnte, und jetzt summte er es vollständig und fehlerfrei von vorne bis hinten durch. Es ging so:

»*Tra-la-la, tra-la-la,
Tra-la-la, tra-la-la,
Rum-tum-tiedel-um-tum,
Tiedel-diedel, tiedel-diedel,
Tiedel-diedel, tiedel-diedel,
Rum-tum-tum-tiedel-dum.*«

Er summte sich also dies Gesumm vor und ging froh vor sich hin und fragte sich, was wohl alle anderen machten und was das wohl für ein Gefühl wäre ein anderer zu sein, als er plötzlich an einen sandigen Abhang kam, und in dem Abhang war ein großes Loch. »Aha!«, sagte Pu. *(Rum-tum-tiedel-um-tum.)* »Wenn ich überhaupt irgendwas über irgendwas weiß, bedeutet dieses Loch Kaninchen«, sagte er, »und Kaninchen bedeutet Gesellschaft«, sagte er, »und Gesellschaft bedeutet Essen und Mir-beim-Summen-Zuhören und Ähnliches in der Art. *Rum-tum-tum-tiedel-dum.*« Also bückte er sich, steckte seinen Kopf in das Loch und rief: »Ist jemand zu Hause?«

Plötzlich hörte man innen im Loch ein Trippeln und dann war es wieder still.

»Ich sagte: ›Ist jemand zu Hause?‹«, rief Pu sehr laut.

»Nein!«, sagte eine Stimme; dann fügte die Stimme hinzu: »Du brauchst nicht so laut zu rufen. Beim ersten Mal habe ich dich bereits sehr gut gehört.«

»So ein Mist!«, sagte Pu. »Ist denn überhaupt niemand da?«

»Niemand.«

Winnie-der-Pu zog seinen Kopf aus dem Loch und dachte ein wenig, und zwar dachte er: Es muss jemand da sein, denn jemand muss »niemand« *gesagt* haben. Also steckte er seinen Kopf ins Loch zurück und sagte: »Hallo, Kaninchen, bist du das nicht?«

»Nein«, sagte Kaninchen, diesmal mit einer anderen Stimme.

»Aber ist das nicht Kaninchens Stimme?«

»Ich *glaube* nicht«, sagte Kaninchen. »Jedenfalls *soll* sie es nicht sein.«

»Oh!«, sagte Pu.
Er zog seinen Kopf aus dem Loch, dachte noch einmal gründlich nach, steckte den Kopf ins Loch zurück und sagte: »Könnten Sie mir dann liebenswürdigerweise sagen, wo Kaninchen ist?«
»Kaninchen besucht gerade seinen Freund Pu Bär, mit dem es sehr befreundet ist.«
»Aber das bin *ich* doch!«, sagte Bär überaus erstaunt.
»Welche Sorte von Ich?«
»Pu Bär.«
»Bist du sicher?«, fragte Kaninchen noch erstaunter.
»Ganz, ganz sicher«, sagte Pu.
»Na, dann komm doch einfach rein.«
Also gab sich Pu einen Schubs und noch einen Schubs und noch einen Schubs in das Loch hinein, und schließlich war er drin.
»Du hattest völlig Recht«, sagte Kaninchen und sah ihn von oben bis unten an. »Du *bist* es. Schön dich zu sehen.«

»Wer hätte ich denn sonst sein sollen?«

»Da war ich mir nicht sicher. Du weißt, wie es im Wald ist. Man kann nicht *jeden* in sein Haus lassen. Man muss *vorsichtig* sein. Wie wäre es mit einem Mundvoll irgendwas?«

Pu nahm immer schon um elf Uhr vormittags gern eine Kleinigkeit zu sich und er war sehr froh, als er sah, wie Kaninchen die Teller und Tassen hervorholte, und als Kaninchen sagte: »Honig oder Kondensmilch zum Brot?«, war er so aufgeregt, dass er sagte: »Beides«, und dann, um nicht gierig zu wirken, fügte er »Aber mach dir wegen des Brots keine Umstände« hinzu.

Und danach sagte er lange Zeit gar nichts ... bis er schließlich, mit ziemlich klebriger Stimme vor sich hin summend, aufstand, Kaninchen liebevoll die Pfote drückte und sagte, nun müsse er aber weiter.

»Musst du wirklich?«, sagte Kaninchen höflich.

»Tja«, sagte Pu, »ich könnte noch ein wenig bleiben, wenn es ... wenn du ...«, und er versuchte angestrengt nicht dorthin zu starren, wo der Küchenschrank stand.

»Übrigens«, sagte Kaninchen, »wollte ich ebenfalls soeben das Haus verlassen.«

»Tja, dann will ich mal weiter. Lebe wohl.«

»Gut, gut, lebe wohl, falls du bestimmt nichts mehr möchtest.«

»*Gibt* es denn noch mehr?«, fragte Pu schnell.

Kaninchen hob den Deckel von jedem Topf und sagte: »Nein, es war schon alles verputzt.«

»Das hatte ich mir gedacht«, sagte Pu und nickte bestätigend. »Na, dann lebe wohl. Ich muss weiter.«

Und er begann aus dem Loch zu klettern. Er zog mit den

Vorderpfoten und drückte mit den Hinterpfoten und nach einer gewissen Zeit war seine Nase wieder im Freien ... und dann seine Ohren ... und dann seine Vorderpfoten ... und dann seine Schultern ... und dann ...

»Ach, Hilfe!«, sagte Pu. »Ich gehe lieber wieder zurück.«

»So ein Mist!«, sagte Pu. »Ich muss hinaus.«

»Es gelingt mir beides nicht!«, sagte Pu. »Ach, Hilfe *und* so ein Mist!«

Unterdessen wollte Kaninchen ebenfalls einen kleinen Gang tun, und da die Vordertür bereits voll war, ging es zur Hintertür hinaus und kam zu Pu und sah ihn an.

»Hallo, sitzt du fest?«, fragte es.

»N-nein«, sagte Pu sorglos. »Ich ruhe mich nur aus und denke und summe vor mich hin.«

»Komm, gib mir eine Pfote.«

Pu Bär streckte eine Pfote aus und Kaninchen zog und zog und zog ...

»*Au!*«, schrie Pu. »Du tust mir weh!«

»Es ist eine Tatsache«, sagte Kaninchen. »Du sitzt fest.«
»Das kommt alles daher«, sagte Pu verärgert, »dass man Vordereingänge hat, die nicht groß genug sind.«
»Das kommt alles daher«, sagte Kaninchen streng, »dass man zu viel isst. Ich dachte vorhin schon«, sagte Kaninchen, »wollte aber nichts sagen«, sagte Kaninchen, »dass einer von uns beiden zu viel isst«, sagte Kaninchen, »und ich wusste, dass *ich* nicht derjenige war«, sagte es. »Dann werde ich mich mal auf den Weg machen und Christopher Robin holen.«
Christopher Robin wohnte am anderen Ende des Waldes, und als er mit Kaninchen zurückkam und die vordere Hälfte von Pu sah, sagte er »Dummer alter Bär« mit so liebevoller Stimme, dass jeder wieder Hoffnung fasste.
»Mir fiel gerade ein«, sagte Bär und schniefte leicht,

»dass Kaninchen vielleicht nie wieder seinen Vordereingang benutzen kann. Und das wäre mir ein *schrecklicher* Gedanke«, sagte er.

»Mir auch«, sagte Kaninchen.

»Seinen Vordereingang benutzen?«, sagte Christopher Robin. »Natürlich wird es seinen Vordereingang wieder benutzen.«

»Gut«, sagte Kaninchen.

»Wenn wir dich nicht herausziehen können, Pu, schieben wir dich vielleicht wieder zurück.«

Kaninchen kratzte sich nachdenklich am Schnurrbart und wies darauf hin, dass, sobald Pu zurückgeschoben worden war, er wieder zurück war, und natürlich könne es selbst, Kaninchen, sich nichts Schöneres vorstellen, als Pu bei sich zu Hause begrüßen zu dürfen, aber so sei es doch nun mal, manche wohnten auf Bäumen, und manche wohnten unterirdisch, und ...

»Du meinst, ich komme hier *nie* wieder raus?«, sagte Pu.

»Ich meine«, sagte Kaninchen, »dass es, nachdem du nun schon mal *so* weit vorgedrungen bist, Verschwendung wäre, nicht in derselben Richtung weiterzuarbeiten.«

Christopher Robin nickte.

»Dann gibt es nur eins«, sagte er. »Wir werden warten müssen, bis du wieder dünner bist.«

»Wie lange dauert Dünnerwerden?«, fragte Pu besorgt.

»Etwa eine Woche, würde ich annehmen.«

»Aber ich kann doch nicht eine *Woche* lang hier bleiben!«

»*Bleiben* kannst du hier ganz leicht, dummer alter Bär. Dich hier her*aus*zukriegen ist so schwierig.«

»Wir werden dir vorlesen«, sagte Kaninchen vergnügt.

»Und ich hoffe, dass es nicht schneit«, fügte es hinzu. »Außerdem, mein Alter, nimmst du in meinem Haus reichlich viel Platz ein ... *Würde* es dir etwas ausmachen, wenn ich deine Hinterbeine als Handtuchhalter verwende? Ich meine, sie sind nun mal da – untätig – und es wäre sehr praktisch, wenn ich meine Handtücher dort zum Trocknen aufhängen könnte.«

»Eine Woche!«, sagte Pu düster. »*Wie ist es mit den Mahlzeiten?*«

»Mahlzeiten wird es, fürchte ich, nicht geben«, sagte Christopher Robin, »wegen des schnelleren Dünnerwerdens. Aber *vorlesen* werden wir dir.«

Bär wollte gerade seufzen, merkte dann aber, dass er das nicht konnte, weil er so eingeklemmt war; eine Träne rollte ihm die Wange hinunter, als er sagte: »Würdest du dann bitte ein gehaltvolles Buch vorlesen, eins, das einem eingeklemmten Bären in starker Bedrängnis Hilfe und Trost spendet?«

Also las Christopher Robin dem Nordende von Pu ein solches Buch vor, und Kaninchen hängte seine Wäsche am Südende auf ... und dazwischen spürte Bär, wie er immer schlanker wurde. Und als die Woche vorüber war, sagte Christopher Robin: »*Jetzt!*«

Also packte er Pus Vorderpfoten, und Kaninchen packte Christopher Robin, und sämtliche Bekannten-und-Verwandten von Kaninchen packten Kaninchen, und alle zogen ... Und lange Zeit sagte Pu nur: »*Au!*« ...

Und: »*Ach!*« ...

Und dann, ganz plötzlich, sagte er: »*Plopp!*«, genau wie ein Korken, der aus der Flasche gezogen wird. Und

Christopher Robin und Kaninchen und sämtliche Bekannten-und-Verwandten von Kaninchen fielen auf den Rücken ... und oben auf sie drauf fiel Winnie-der-Pu –: frei!
Also schenkte er seinen Freunden ein Nicken des Dankes und setzte seinen Weg fort, wobei er stolz vor sich hin summte.
Aber Christopher Robin sah ihm liebevoll nach und sagte »Dummer alter Bär!« vor sich hin.

Drittes Kapitel
In welchem Pu und Ferkel auf die Jagd gehen und beinahe ein Wuschel fangen

Das Ferkel wohnte in einer großartigen Wohnung inmitten einer Buche, und die Buche stand inmitten des Waldes, und das Ferkel wohnte inmitten der Wohnung. Gleich neben der Wohnung stand ein zerbrochenes Schild, auf dem »BETRETEN V« stand. Als Christopher Robin das Ferkel fragte, was das zu bedeuten habe, sagte es, das sei der Name seines Großvaters, ein Name, der schon lange in der Familie sei. Christopher Robin sagte, man *könne* nicht Betreten V heißen, und Ferkel sagte, doch, das könne man, sein Großvater *habe* ja so geheißen und es sei die Abkürzung von Betreten Vic, welches die Abkürzung von Betreten Victor sei. Und sein Großvater habe zwei Namen gehabt, für den Fall, dass er mal einen verlöre: Betreten nach einem Onkel und Victor nach Betreten.

»Ich habe auch zwei Namen«, sagte Christopher Robin leichtsinnig.

»Siehst du, das beweist es ja«, sagte Ferkel.

An einem schönen Wintertag, als Ferkel gerade den Schnee vor seiner Wohnung wegfegte, blickte es zufällig von seiner Arbeit auf, und da war Winnie-der-Pu. Pu ging immer im Kreis herum und dachte an etwas anderes, und als Ferkel mit ihm reden wollte, ging er einfach weiter.

»Hallo!«, sagte Ferkel. »Was machst *du* denn?«
»Ich jage«, sagte Pu.
»Was jagst du denn?«
»Ich spüre etwas auf«, sagte Pu sehr geheimnisvoll.
»Was spürst du denn auf?«, sagte Ferkel und kam näher.
»Genau das frage ich mich auch. Ich frage mich: Was?«
»Und was, glaubst du, wirst du dir antworten?«
»Ich muss warten, bis ich es eingeholt habe«, sagte Win-

nie-der-Pu. »Da, sieh mal.« Er zeigte auf den Boden vor sich. »Was siehst du da?«
»Spuren«, sagte Ferkel. »Pfotenabdrücke.« Es quiekte leicht vor Aufregung. »Oh, Pu! Glaubst du, es ist ein ... ein ... ein Wuschel?«
»Könnte sein«, sagte Pu. »Manchmal ist es das und manchmal ist es das nicht. Bei Pfotenabdrücken kann man nie wissen.«
Nach diesen knappen Worten nahm er die Spurensuche wieder auf und Ferkel rannte ihm, nachdem es ihn ein bis zwei Minuten lang beobachtet hatte, nach. Winnie-der-Pu war plötzlich stehen geblieben und beugte sich verblüfft über die Spuren.
»Was ist los?«, fragte Ferkel.
»Es ist sehr merkwürdig«, sagte Bär, »aber es scheinen plötzlich *zwei* Tiere zu sein. Diesem – egal, was es war – scheint sich ein weiteres – egal, was es ist – angeschlossen zu haben, und die beiden setzen nun gemeinsam ihren Weg fort. Würde es dir etwas ausmachen mich zu begleiten, Ferkel, falls sie sich als feindselige Tiere erweisen sollten?«

Ferkel kratzte sich sehr anmutig am Ohr und sagte, bis nächsten Freitag habe es nichts vor, und es würde ihn mit Vergnügen begleiten, falls es tatsächlich ein Wuschel *war*.

»Du meinst, falls es tatsächlich zwei Wuschel sind«, sagte Winnie-der-Pu, und Ferkel sagte, bis nächsten Freitag

habe es jedenfalls nichts vor. So gingen sie zusammen los.

Genau dort befand sich ein kleines Dickicht aus Lärchenbäumen und es schien, als wären die beiden Wuschel, falls es welche waren, um dieses Dickicht herumgegangen; also folgten ihnen Pu und Ferkel um dieses Dickicht herum; Ferkel vertrieb sich die Zeit, indem es Pu erzählte, was sein Großvater Betreten V gegen Steifheit in den Gliedern nach der Spurensuche unternommen hatte und wie sein Großvater Betreten V in seinen späteren Jahren an Kurzatmigkeit gelitten habe, sowie anderes Interessantes, und Pu fragte sich, wie ein Großvater wohl aussehen mochte und ob sie vielleicht gerade zwei Großvätern auf der Spur waren und ob er, falls es so war, einen davon mit nach Hause nehmen und behalten durfte, und was Christopher Robin dazu sagen würde. Und immer noch liefen die Spuren vor ihnen her ...

Plötzlich blieb Winnie-der-Pu stehen und zeigte aufgeregt nach vorn. »*Kuck mal!*«

»*Was?*«, sagte Ferkel und sprang in die Luft. Und dann, um zu zeigen, dass es keine Angst gehabt hatte, sprang es noch ein paar Mal in die Luft, und das sah aus wie Turnübungen.

»Die Spuren!«, sagte Pu. »*Ein drittes Tier hat sich den beiden anderen angeschlossen!*«

»Pu!«, schrie Ferkel. »Glaubst du, es ist ein weiteres Wuschel?«

»Nein«, sagte Pu, »denn es hinterließ andere Spuren. Es sind entweder zwei Wuschel und ein, falls es das ist, Wischel oder zwei, falls sie das sind, Wischel und ein, falls es das ist, Wuschel. Wir wollen ihnen weiter folgen.«

So gingen sie weiter, nur waren sie jetzt ein wenig besorgt, es könnte ja sein, dass die drei Tiere vor ihnen feindselige Absichten hegten. Und Ferkel wünschte sich, sein Großvater B. V. wäre hier anstatt woanders, und Pu dachte, wie schön es doch wäre, wenn sie jetzt plötzlich und ganz zufällig Christopher Robin träfen, und zwar nur, weil er Christopher Robin so gern hatte. Und dann, ganz plötzlich, blieb Winnie-der-Pu wieder stehen und leckte sich die Nasenspitze, denn ihm war so heiß, und er war so besorgt wie noch nie in seinem Leben. *Da waren vier Tiere vor ihnen!*

»Siehst du das, Ferkel? Sieh dir ihre Spuren an! Drei, falls sie welche sind, Wuschel und ein, falls es eins ist, Wischel. *Ein weiteres Wuschel ist dazugekommen!*«

Genau so schien es zu sein. Dort waren die Spuren; hier liefen sie übereinander, dort vermengten sie sich; aber ganz deutlich sah man sie hier und da: die Spuren von vier Pfotenpaaren.

»Ich *glaube*«, sagte Ferkel, nachdem es sich ebenfalls die Nase geleckt und gefunden hatte, dass dies wenig Trost brachte, »ich *glaube*, mir ist gerade etwas eingefallen. Mir ist gerade etwas eingefallen, was ich gestern zu tun vergessen habe und was ich morgen nicht tun kann. Deshalb finde ich, ich sollte wirklich nach Hause gehen und es jetzt tun.«

»Wir werden es heute Nachmittag tun, und dann komme ich mit«, sagte Pu.

»Es ist nichts, was man nachmittags tun kann«, sagte Ferkel schnell. »Es ist eine ganz spezielle Morgensache, die morgens getan werden muss, und zwar, wenn möglich, zwischen ... Was würdest du sagen, Pu, wie spät ist es jetzt?«

»Etwa zwölf«, sagte Winnie-der-Pu und sah nach der Sonne.

»Zwischen, wie ich schon sagte, zwölf und fünf nach zwölf. Also, wirklich, liebster, bester Pu, wenn du mich einstweilen entschuldigst ... *Was ist das?*«

Pu sah in den Himmel hinauf, und dann, als er den Pfiff noch einmal hörte, in die Äste einer hohen Eiche, und dann sah er einen Freund.

»Es ist Christopher Robin«, sagte er.

»Dann brauche ich mir ja keine Sorgen mehr um dich zu machen«, sagte Ferkel. »Mit *ihm* kann dir nichts passieren. Lebe wohl«, und es trabte so schnell wie möglich nach Hause, sehr froh darüber, aller Gefahr entronnen zu sein.

Christopher Robin kam langsam von seinem Baum herunter. »Dummer alter Bär«, sagte er, »was hast du denn gemacht? Zuerst bist du zweimal allein um das Dickicht herumgegangen, dann ist dir Ferkel nachgelaufen, und ihr seid zusammen um das Dickicht gegangen, und dann, als ihr gerade zum vierten Mal ...«

»Warte mal«, sagte Pu und hielt eine Pfote hoch.

Er setzte sich hin und dachte, und zwar so nachdenklich, wie er nur denken konnte. Dann stellte er seine Hinterpfote in einen der Pfotenabdrücke ... Und dann kratzte er sich zweimal an der Nase und stand auf.

»Ja«, sagte Winnie-der-Pu.

»Jetzt verstehe ich«, sagte Winnie-der-Pu.

»Ich war ein verblendeter Narr«, sagte er, »und ich bin ein Bär ohne jeden Verstand.«

»Du bist der beste Bär der ganzen Welt«, sagte Christopher Robin beruhigend.
»Stimmt das?«, sagte Pu voller Hoffnung. Und dann erhellte sich plötzlich seine Miene.
»Auf jeden Fall«, sagte er, »ist es schon fast Zeit zum Mittagessen.« Deshalb ging er nach Hause.

Viertes Kapitel
In welchem I-Ah einen Schwanz verliert und Pu einen findet

Der alte graue Esel, I-Ah, stand allein in einem distelbewachsenen Winkel des Waldes, die Vorderbeine gespreizt, den Kopf auf eine Seite gelegt, und dachte über alles nach. Manchmal dachte er traurig bei sich: Warum?, und manchmal dachte er: Wozu?, und manchmal dachte er: Inwiefern?, und manchmal wusste er nicht so recht, worüber er nachdachte.

Als also Winnie-der-Pu herangestapft kam, war er sehr froh, weil er ein bisschen mit Denken aufhören konnte um in düsterer Weise »Wie geht es dir?« zu ihm zu sagen.

»Und wie geht es dir?«, sagte Winnie-der-Pu.

I-Ah schüttelte den Kopf von einer Seite zur anderen.

»Nicht sehr wie«, sagte er. »Mir scheint es schon seit längerer Zeit überhaupt nicht mehr gegangen zu sein.«

»Meine Güte«, sagte Pu, »das tut mir aber Leid. Lass dich mal anschauen.«

So stand I-Ah da, starrte traurig den Boden an und Winnie-der-Pu ging einmal um ihn herum.

»Was *ist* denn mit deinem Schwanz passiert?«, sagte er überrascht.

»Was ist denn mit ihm passiert?«, sagte I-Ah.

»Er ist nicht da!«

»Bist du sicher?«

»Also, entweder *ist* ein Schwanz da oder er ist nicht da. Da kann man keinen Fehler machen, und deiner ist *nicht* da!«
»Sondern?«
»Nichts.«
»Ich muss mal nachsehen«, sagte I-Ah und er drehte sich langsam dorthin, wo sein Schwanz vor kurzem gewesen

war, und dann, als er merkte, dass er ihn nicht einholen konnte, drehte er sich andersherum, bis er dorthin zurückkam, wo er zuerst gewesen war, und dann senkte er den Kopf und sah zwischen seinen Vorderbeinen hindurch, und zum Schluss sagte er mit einem langen, traurigen Seufzer: »Ich glaube, du hast Recht.«

»Natürlich habe ich Recht«, sagte Pu.
»Das erklärt einiges«, sagte I-Ah düster. »Es erklärt alles. Kein Wunder.«
»Du musst ihn irgendwo gelassen haben«, sagte Winnie-der-Pu.
»Jemand muss ihn genommen haben«, sagte I-Ah. »Das sieht ihnen ähnlich«, fügte er nach langem Schweigen hinzu.

Pu fand, dass er etwas Hilfreiches sagen sollte, aber er wusste nicht recht, was. Also beschloss er stattdessen etwas Hilfreiches zu tun.

»I-Ah«, sagte er feierlich, »ich, Winnie-der-Pu, werde deinen Schwanz für dich finden.«

»Danke, Pu«, erwiderte I-Ah, »du bist ein echter Freund«, sagte er. »Nicht wie manche anderen«, sagte er.

Also machte sich Winnie-der-Pu auf den Weg um I-Ahs Schwanz zu finden.

Es war ein schöner Frühlingsmorgen im Wald, als er losging. Kleine, weiche Wolken spielten froh an einem blauen Himmel und hüpften hin und wieder vor die Sonne, als wollten sie sie ausknipsen, und glitten ganz plötzlich wieder weg, damit die nächste Wolke es auch mal versuchen konnte. Durch sie hindurch und zwischen ihnen schien tapfer die Sonne, und ein Wäldchen, das seine Tannen das ganze Jahr hindurch getragen hatte, sah jetzt neben der neuen grünen Spitze, mit der sich die Buchen geschmückt hatten, alt und ungepflegt aus. Durch Gehölz und Dickicht marschierte Bär, offene Hänge voller Stechginster und Heidekraut hinab, über felsige Flussbetten, steile Böschungen aus Sandstein hinauf und wieder ins Heidekraut; und so zum Schluss in den Hundertsechzig-Morgen-Wald. Denn im Hundertsechzig-Morgen-Wald wohnte Eule.

»Und wenn irgendwer irgendwas über irgendwas weiß«, sagte sich Bär, »dann ist es Eule, die was über was weiß«, sagte er, »oder ich heiße nicht Winnie-der-Pu«, sagte er. »Ich heiße aber so«, fügte er hinzu. »Und das beweist, dass ich Recht habe.«

Eule wohnte an einer Adresse namens »Zu den Kasta-

nien«, einem Landsitz von großem Zauber, wie man ihn aus der Alten Welt kennt, und diese Adresse war großartiger als alle anderen; zumindest kam es dem Bären so vor, denn sie hatte *sowohl* einen Türklopfer *als auch* einen Klingelzug. Unter dem Türklopfer war ein Zettel mit der Aufschrift:

BTTE KLNGLN FALS NTWORT RWATET WIRT

Unter dem Klingelzug war ein Zettel mit der Aufschrift:

BTTE KLOPFFN FALS KAINE NTWORT
RWATET WIRT

Diese Zettel waren von Christopher Robin beschriftet worden, welcher der Einzige im Wald war, der buchstabieren konnte; denn Eule, so weise sie in vielen Dingen war, und obwohl sie lesen und schreiben und ihren eigenen Namen OILE buchstabieren konnte, wurde von feineren Wörtern wie ZIEGENPETER oder TOASTMITBUTTER zur Verzweiflung getrieben.
Winnie-der-Pu las die beiden Zettel sehr sorgfältig, zuerst von links nach rechts und danach, falls ihm etwas entgangen sein sollte, von rechts nach links. Dann, um ganz sicherzugehen, klopfte und zog er den Türklopfer und zog und beklopfte den Klingelzug, und dazu rief er mit sehr lauter Stimme: »Eule! Ich erwarte eine Antwort! Hier spricht Bär.«
Und die Tür öffnete sich und Eule sah heraus.
»Hallo, Pu«, sagte sie. »Wie geht'sss, wie steht'sss?«
»Schrecklich und traurig«, sagte Pu, »weil I-Ah, der ein

Freund von mir ist, seinen Schwanz verloren hat. Und jetzt bläst er Trübsal. Könntest du mir also überaus freundlicherweise sagen, wo ich ihn, den Schwanz, für ihn, I-Ah, finden kann?«

»Nun«, sagte Eule, »in solchen Fällen isssst die übliche Verfahrensssweise wie folgt: ...«

»Was bedeutet ›übrige Sahnespeise‹?«, sagte Pu. »Denn ich bin ein Bär von sehr wenig Verstand, und lange Wörter jagen mir Angst ein.«

»Esss bedeutet, wasss zzzu tun issst.«

»Solange es das bedeutet, habe ich nichts dagegen«, sagte Pu demütig.

»Wasss zzzu tun isst, issst Folgendes. Zzzuerssst musssssss man eine Belohnung aussssetzzzen. Dann ...«

»Augenblick mal«, sagte Pu und hielt eine Pfote in die Luft. »Was müssen wir mit diesem Ding tun, was du gerade gesagt hast? Du hast gerade geniest, als du es mir sagen wolltest.«

»Ich habe *nicht* geniesssst.«

»Doch, du hast geniest, Eule.«

»Entschuldige, Pu, aber ich habe nicht geniessst. Man kann nicht niesen ohne esss zu wisssssen.«

»Aber man kann es auch nicht wissen, ohne dass irgendwas geniest worden wäre.«

»Wasss ich sagte, war, dasssss man zzzuersssst eine Belohnung ausssssetzzzen musssss.«

»Jetzt hast du schon wieder geniest«, sagte Pu traurig.

»Eine Belohnung!«, sagte Eule sehr laut. »Wir schreiben einen Zzzettel, auf dem steht, dassssss wir jedem, der I-Ahsss Schwanzzz findet, ein großßßesss Sowieso geben.«

»Verstehe, verstehe«, sagte Pu und nickte. »Da wir gerade von großen Sowiesos sprechen«, fuhr er träumerisch fort, »um diese Zeit nehme ich gewöhnlich ein kleines Sowieso zu mir. Etwa um diese Zeit am Vormittag«, und er blickte wehmütig den Schrank in Eules Salon an; »nur einen Mundvoll Dosenmilch oder sonst was, vielleicht mit einer Idee Honig ...«

»Wir schreiben also«, sagte Eule, »diesen Zzzettel und wir hängen ihn überall im Wald auf.«
»Eine Idee Honig«, murmelte Bär vor sich hin, »oder ... Oder auch nicht, je nachdem.« Und er stieß einen tiefen Seufzer aus und versuchte angestrengt dem zuzuhören, was Eule sagte.
Aber Eule sprach immer weiter und benutzte immer längere Wörter, bis sie zum Schluss dorthin zurückkam, wo sie angefangen hatte, woraufhin sie erklärte, die Person, die diesen Zettel schreiben müsse, sei Christopher Robin.
»Er hat mir auch die Zzzettel an meiner Eingangsssstür geschrieben. Hasssst du sie gesehen, Pu?«

Pu sagte nun schon seit einiger Zeit abwechselnd »Ja« und »Nein« mit geschlossenen Augen, zu allem, was Eule sagte, und da er zuletzt »Ja, ja« gesagt hatte, sagte er diesmal »Nein, nicht im Geringsten«, ohne wirklich zu wissen, worüber Eule sprach.

»Hassst du sie nicht gesehen?«, sagte Eule ein wenig überrascht. »Komm und sieh sie dir jetzzzt an.«

Also gingen sie hinaus. Und Pu betrachtete den Türklopfer und den Zettel darunter, und er betrachtete den Klingelzug und den Zettel darunter, und je länger er den Klingelzug betrachtete, desto mehr hatte er das Gefühl, dass er schon einmal etwas Ähnliches gesehen hatte, irgendwo anders, irgendwann zuvor.

»Hübscher Klingelzzzug, stimmt'sss?«, sagte Eule.

Pu nickte.

»Er erinnert mich an etwas«, sagte er, »aber ich komme nicht darauf, woran. Woher hast du ihn?«

»Ich bin im Wald darauf gestoßßßen. Er hing an einem Busch, und zzzuerssst dachte ich, dassssss dort jemand wohnt, desssshalb habe ich daran geklingelt und nichtsss passssssierte, und dann habe ich noch einmal ganzzz laut geklingelt, und da issst esss abgegangen, und ich hatte esss in der Hand, und weil niemand esss zu brauchen schien, habe ich esss mit nach Hause genommen, und ...«

»Eule«, sagte Pu feierlich, »du hast einen Fehler gemacht. Jemand hat es gebraucht.«

»Wer?«
»I-Ah. Mein lieber Freund I-Ah. Er ... Er hatte es sehr lieb.«
»Lieb?«
»Er war ihm verbunden«, sagte Pu traurig.

Mit diesen Worten entfernte er den Schwanz von dort, wo er festgehakt war, und trug ihn zurück zu I-Ah, und als Christopher Robin ihn wieder an seinem richtigen Platz festgenagelt hatte, tobte I-Ah durch den Wald und wedelte so glücklich mit dem Schwanz, dass Winnie-dem-Pu ganz komisch zu Mute wurde und er schnell nach Hause musste um einen kleinen Mundvoll oder Ähnliches zu sich zu nehmen um bei Kräften zu bleiben. Und als er sich eine halbe Stunde später den Mund wischte, sang er stolz vor sich hin:

» *Wer fand den Schwanz?*
›Ich‹, sprach Pu,
›Um Viertel vor ganz
(Das heißt, es war um Viertel vor elf),
Ich fand den Schwanz!‹«

FÜNFTES KAPITEL
In welchem Ferkel ein Heffalump trifft

Eines Tages, als Christopher Robin und Winnie-der-Pu und Ferkel alle miteinander sprachen, schluckte Christopher Robin das, was er gerade im Munde hatte, herunter und sagte beiläufig: »Heute habe ich ein Heffalump gesehen, Ferkel.«

»Was hat es gemacht?«, fragte Ferkel.

»Einfach so vor sich hin gelumpt«, sagte Christopher Robin. »Ich glaube nicht, dass es *mich* gesehen hat.«

»Ich habe auch mal eins gesehen«, sagte Ferkel. »Jedenfalls glaube ich, dass ich eins gesehen habe«, sagte es.

»Aber vielleicht war es gar keins.«
»Ich auch«, sagte Pu und fragte sich, wie ein Heffalump wohl aussehen mochte.
»Man sieht sie nicht oft«, sagte Christopher Robin beiläufig.
»Im Augenblick nicht«, sagte Ferkel.
»Nicht in dieser Jahreszeit«, sagte Pu.
Dann sprachen sie alle über etwas anderes, bis es für Pu und Ferkel Zeit wurde, zusammen nach Hause zu gehen. Zuerst, als sie den Pfad entlangstapften, der den Hundertsechzig-Morgen-Wald begrenzte, sprachen sie nicht viel miteinander, aber als sie an den Bach kamen und als sie einander über die Trittsteine geholfen hatten und wieder nebeneinander über das Heidekraut gehen konnten, begannen sie sich freundschaftlich über dies und jenes zu unterhalten, und Ferkel sagte: »Falls du verstehst, was ich meine, Pu«, und Pu sagte: »Genau das finde ich auch, Ferkel«, und Ferkel sagte: »Aber andererseits, Pu, müssen wir auch daran denken«, und Pu sagte: »Sehr richtig, Ferkel, es war mir nur kurz entfallen.« Und dann, gerade als sie zu den Sechs Tannen kamen, blickte Pu sich um um zu sehen, dass niemand lauschte, und sagte mit sehr feierlicher Stimme: »Ferkel, ich habe etwas beschlossen.«
»Was hast du beschlossen, Pu?«
»Ich habe beschlossen ein Heffalump zu fangen.«
Pu nickte mehrmals mit dem Kopf, als er dies sagte, und wartete darauf, dass Ferkel »Wie?« sagte oder »Aber Pu, das kannst du doch nicht machen!« oder sonst etwas Hilfreiches, aber Ferkel sagte nichts. Das lag daran, dass Ferkel sich wünschte, es wäre selbst zuerst darauf gekommen. »Ich werde es tun«, sagte Pu, nachdem er noch

etwas länger gewartet hatte, »und zwar mit Hilfe einer Falle, und es muss eine listige Falle sein; deshalb wirst du mir helfen müssen, Ferkel.«

»Pu«, sagte Ferkel, dem es jetzt wieder richtig gut ging, »ich werde dir helfen.« Und dann sagte es: »Wie werden wir es machen?«, und Pu sagte: »Das ist es nämlich. Wie?« Und dann setzten sie sich zusammen hin um es sich auszudenken.

Pus erste Idee war, dass sie eine sehr tiefe Grube graben sollten, und dann würde das Heffalump kommen und in die Grube fallen, und ...

»Warum?«, sagte Ferkel.

»Warum was?«, sagte Pu.

»Warum würde es hineinfallen?«

Pu rieb sich die Nase mit der Pfote und sagte, das Heffalump könnte vielleicht vorbeikommen, ein kleines Lied summen, den Himmel betrachten und sich fragen, ob es wohl regnen würde, und deshalb würde es die sehr tiefe Grube nicht sehen, bis es zur Hälfte hineingefallen sei, aber das wäre dann schon zu spät.

Ferkel sagte, das sei eine sehr gute Falle, aber angenommen, es regne bereits?

Pu rieb sich wieder die Nase und sagte, daran habe er nicht gedacht. Und dann besserte sich seine Laune und er sagte, dass das Heffalump, falls es bereits regne, den Himmel betrachten und sich fragen würde, ob es wohl bald wieder *aufklaren* würde, weshalb es die sehr tiefe Grube nicht sehen würde, bis es zur Hälfte hineingefallen wäre ... Und dann wäre es schon zu spät.

Ferkel sagte, jetzt, da dieser Punkt geklärt sei, finde es, die Falle sei sehr listig.

Pu war sehr stolz, als er das hörte, und er hatte das Gefühl, das Heffalump sei schon so gut wie gefangen, aber es gab noch etwas, worüber nachgedacht werden musste, und das war dieses:

Wo sollten sie die sehr tiefe Grube graben?

Ferkel sagte, der beste Platz sei irgendwo, wo ein Heffalump war, bevor es hineinfiel, nur etwa dreißig Zentimeter weiter vorne.

»Aber dann würde es uns sehen, wenn wir die Grube graben«, sagte Pu.

»Nicht, wenn es den Himmel betrachtet.«

»Es würde Verdacht schöpfen«, sagte Pu, »wenn es zufällig nach unten sieht.« Er dachte lange nach und fügte traurig hinzu: »Es ist nicht so leicht, wie ich dachte. Ich vermute, daran liegt es auch, dass Heffalumps kaum jemals gefangen werden.«

»Daran muss es liegen«, sagte Ferkel.

Sie seufzten und standen auf, und als sie sich ein paar Stechginsterstacheln herausgezogen hatten, setzten sie sich wieder, und die ganze Zeit sagte Pu zu sich selbst: »Wenn ich mir nur etwas *ausdenken* könnte!« Denn er hatte das sichere Gefühl, dass ein sehr scharfer Verstand ein Heffalump fangen könnte, wenn er nur wüsste, wie er dabei vorgehen sollte.

»Angenommen«, sagte er zu Ferkel, »*du* willst *mich* fangen, wie würdest du das machen?«

»Tja«, sagte Ferkel, »ich würde es so machen: Ich würde eine Falle bauen, und ich würde einen Topf Honig in die Falle stellen, und du würdest den Honig riechen, und du würdest in die Falle gehen, und ...«

»Und ich würde in die Falle gehen«, sagte Pu aufgeregt,

»nur natürlich sehr vorsichtig um mich nicht zu verletzen, und ich würde den Honigtopf nehmen und zuallererst um den Rand herum lecken und so tun, als gäbe es nun keinen Honig mehr, verstehst du, und dann würde ich weggehen und ein bisschen darüber nachdenken, und dann würde ich zurückkommen und in der Mitte des Topfes lecken, und dann ...«

»Ja, schon gut. Da wärest du dann also und da würde ich dich dann auch fangen. Jetzt müssen wir als Erstes darüber nachdenken: Was mögen Heffalumps? Eicheln, würde ich meinen; was meinst du? Wir werden uns eine Menge ... Pu, wach doch mal auf!«

Pu, der in einen frohen Traum versunken war, wachte verdutzt auf und sagte, Honig sei viel fallenmäßiger als Heicheln. Ferkel war anderer Meinung und sie wollten sich gerade darüber streiten, als Ferkel einfiel, dass, wenn sie Eicheln in die Falle taten, *es*, Ferkel, die Eicheln finden musste, wenn sie dagegen Honig nahmen, musste sich Pu von Honig aus seinen eigenen Beständen trennen, und deshalb sagte es: »Na gut, Honig«, als Pu dies ebenfalls eingefallen war und gerade »Na gut, Heicheln« sagen wollte.

»Honig«, sagte Ferkel nachdenklich vor sich hin, als wäre es jetzt beschlossene Sache. »*Ich* werde die Grube graben, während *du* nach Hause gehst und den Honig holst.«

»In Ordnung«, sagte Pu und stapfte davon.

Sobald er zu Hause angekommen war, ging er zum Küchenschrank, und er stellte sich auf einen Stuhl und holte einen sehr großen Honigtopf vom obersten Brett. Auf dem Topf stand HONICH, aber nur um ganz sicherzu-

gehen entfernte er den Deckel aus Papier und sah genau hin, und es *sah* genauso aus wie Honig. »Aber man kann ja nie wissen«, sagte Pu. »Ich weiß noch, wie mein Onkel einmal sagte, er habe Käse gesehen, der genau die gleiche Farbe hatte.« Also steckte er seine Zunge hinein und leckte einmal kräftig. »Ja«, sagte er, »es ist Honig. Gar kein Zweifel. Und zwar, würde ich sagen, bis ganz unten. Es sei denn, natürlich«, sagte er, »dass jemand Käse unten hineingepackt hat, als kleinen Streich sozusagen. Vielleicht sollte ich noch ein ganz kleines bisschen weiterprobieren ... Nur für den Fall ... Für den Fall, dass Heffalumps Käse *nicht* mögen ... Genauso wenig wie ich

… Ah!« Und er stieß einen tiefen Seufzer aus. »Ich *hatte* Recht. Es ist Honig, bis ganz unten.«

Nachdem er sich davon überzeugt hatte, trug er den Topf zu Ferkel, und Ferkel sah vom Grunde seiner sehr tiefen Grube herauf und sagte: »Hast du ihn?«, und Pu sagte: »Ja, aber es ist kein ganz voller Topf«, und er warf ihn zu Ferkel hinunter, und Ferkel sagte: »Nein, das ist er nicht!

Ist das alles, was du übrig gelassen hast?«, und Pu sagte: »Ja.« Denn so war es.

Also stellte Ferkel den Topf auf den Boden der Grube und kletterte wieder heraus, und die beiden gingen zusammen nach Hause.

»Dann gute Nacht, Pu«, sagte Ferkel, als sie zu Pus Wohnung kamen. »Und wir treffen uns morgen früh um sechs bei den Tannen und sehen, wie viele Heffalumps wir in unserer Falle haben.«

»Um sechs, Ferkel. Und hast du vielleicht Bindfaden?«

»Nein. Warum möchtest du Bindfaden?«

»Um sie damit nach Hause zu führen.«

»Oh! ... Ich *denke* doch, Heffalumps kommen, wenn man pfeift.«

»Manche kommen und manche kommen nicht. Bei Heffalumps kann man nie wissen. Dann gute Nacht!«

»Gute Nacht!« Und Ferkel trabte zu seiner Wohnung BETRETEN V, während Pu seine Vorbereitungen für das Ins-Bett-Gehen traf.

Ein paar Stunden später, als die Nacht gerade anfing sich davonzustehlen, wachte Pu plötzlich mit einem Gefühl auf, als versinke er. Er hatte dies Gefühl des Sinkens schon vorher gehabt, und er wusste, was es bedeutete. *Er hatte Hunger*. Also ging er an den Speiseschrank und er stellte sich auf einen Stuhl und streckte sich, bis er das oberste Brett erreicht hatte, und fand – nichts.

Das ist seltsam, dachte er. Ich weiß, dass ich hier einen Topf mit Honig hatte. Einen vollen Topf, voller Honig bis ganz oben, und HONICH war draufgeschrieben, damit ich wusste, dass es Honig war. Das ist sehr seltsam. Und dann begann er auf und ab zu wandern und fragte sich, wo er geblieben war, und murmelte ein Gemurmel vor sich hin. Und das ging so:

> »Dies ist ein echtes Rätsel mir;
> Ich *weiß*, ich hatte Honig hier,
> Mit einem Zettel, richtig fein,
> Und HONICH draufgeschrieben.
> Ein Riesentopf, voll bis zum Rand,
> Und jetzt ist er mir durchgebrannt.
> Wo kann er hingegangen sein?
> Wo ist er nur geblieben?«

Er hatte sich dies so ähnlich wie einen Gesang dreimal vorgemurmelt, als es ihm plötzlich wieder einfiel. Er hatte ihn in die listige Falle getragen um das Heffalump zu fangen.

»So ein Mist!«, sagte Pu. »Das kommt alles daher, dass man versucht Heffalumps gut zu behandeln.« Und er ging zurück ins Bett.

Aber er konnte nicht schlafen. Je mehr er zu schlafen versuchte, desto mehr konnte er nicht schlafen. Er versuchte Schäfchen zu zählen, was manchmal eine gute Methode zum Einschlafen ist, und als das nichts brachte, versuchte er Heffalumps zu zählen. Und das war noch schlimmer. Denn jedes Heffalump, das er zählte, begab sich schnurstracks auf den Weg zu einem Topf mit Honig von Pu *und fraß ihn völlig leer*. So lag er einige Minuten lang und fühlte sich elend, aber als das fünfhundertsiebenundachtzigste Heffalump sich die Lefzen leckte und »Ganz köstlich, dieser Honig; erinnere mich nicht, jemals besseren gefressen zu haben« sagte, konnte Pu es nicht mehr er-

tragen. Er sprang aus dem Bett, er rannte aus dem Haus, und er lief geradewegs zu den Sechs Tannen.
Die Sonne war noch im Bett, aber am Himmel über dem Hundertsechzig-Morgen-Wald war eine Helligkeit, die zu zeigen schien, dass die Sonne gerade aufwachte und bald aus dem Nachthemd steigen würde. Im Dämmerlicht sahen die Tannen kalt und einsam aus und die sehr tiefe Grube wirkte noch tiefer, als sie war, und Pus Honigtopf unten in der Grube war etwas Geheimnisvolles, eine Form und sonst gar nichts. Aber als er näher kam, sagte ihm seine Nase, dass es tatsächlich Honig war, und seine Zunge kam heraus und begann seinen Mund von außen zu polieren, damit alles bereit war.
»So ein Mist!«, sagte Pu, als er die Nase in den Topf steckte. »Ein Heffalump hat ihn aufgefressen!« Und dann

dachte er ein bisschen und sagte: »Ach nein, *ich* war's. Glatt vergessen.«
Tatsächlich, er hatte den meisten Honig aufgegessen. Aber ganz unten am Boden des Topfes war noch ein bisschen übrig geblieben und er steckte seinen Kopf eilig hinein und fing an zu lecken …

Nach und nach wachte Ferkel auf. Sobald es wach war, sagte es: »Ach!« Dann sagte es tapfer: »Ja«, und dann, noch tapferer: »Aber genau.« Aber es fühlte sich nicht sehr tapfer, denn das Wort, das ihm eigentlich im Hirn herumhüpfte, war »Heffalumps«.
Wie war ein Heffalump?
War es wild?
Kam es, wenn man pfiff? Und *wie* kam es?
Konnte es Schweine überhaupt ausstehen?
Wenn es Schweine ausstehen konnte, war es dann wichtig, *welche Sorte Schwein* man war?
Angenommen, es benahm sich Schweinen gegenüber wild, war es dann wichtig, *wenn das Schwein einen Großvater namens BETRETEN VICTOR hatte?*
Ferkel wusste auf keine dieser Fragen eine Antwort ... Und in etwa einer Stunde sollte es sein erstes Heffalump zu sehen bekommen! Dann wäre natürlich Pu dabei und bei zwei Personen wäre es bestimmt viel freundlicher. Aber angenommen, das Heffalump benahm sich Schweinen *und* Bären gegenüber sehr wild? Wäre es dann nicht besser, Ferkel würde so tun, als hätte es Kopfschmerzen, weshalb es heute Morgen nicht zu den Sechs Tannen gehen könnte? Aber dann mal angenommen, es wäre ein sehr schöner Tag und es wäre kein Heffalump in der Falle, dann wäre Ferkel hier, den ganzen Vormittag im Bett, und das Ganze wäre die schiere Zeitverschwendung. Was sollte es tun?
Und dann hatte Ferkel eine schlaue Idee. Es wollte jetzt ganz leise zu den Sechs Tannen gehen, einen ganz vorsichtigen, kurzen Blick in die Falle werfen und sehen, *ob* dort ein Heffalump war. Und wenn eins da war, wollte es

zurück ins Bett, und wenn keins da war, wollte es nicht zurück ins Bett.
So brach Ferkel auf. Zuerst dachte es, dass kein Heffalump in der Falle war, und dann dachte es, dass eins drin war, und als es näher kam, war es *sicher*, dass eins drin war, denn es konnte hören, wie in der Grube ganz heftig geheffalumpt wurde.
»Owei, owei, owei!«, sagte sich Ferkel. Und es wollte wegrennen. Aber irgendwie, nachdem es jetzt dem Ziel so nahe war, fand es, dass es nun auch mal nachsehen musste, wie ein Heffalump aussah. Also kroch es an den Rand der Falle und schaute hinein ...

Und die ganze Zeit hatte Winnie-der-Pu versucht den Honigtopf von seinem Kopf zu entfernen. Je mehr er daran rüttelte, desto fester saß er. »*So ein Mist!*«, sagte er im Topf und »*Hilfe!*« und meistens »*Au!*«. Und er versuchte ihn gegen Sachen zu schmettern, aber da er nicht sehen konnte, wogegen er ihn schmetterte, half ihm das nichts, und er versuchte aus der Falle zu klettern, aber da er nichts außer Topf sehen konnte, und auch davon nicht viel, fand er nicht die richtige Richtung. Deshalb hob er zum Schluss den Kopf, mit Topf und allem Drum und Dran, und stieß einen lauten Ton der Trauer und Verzweiflung aus ... Und genau in diesem Moment kuckte Ferkel in die Grube.

»Hilfe, Hilfe!«, schrie Ferkel. »Ein Heffalump, ein unheimliches Heffalump!« Und es hoppelte davon, so schnell es konnte, und es schrie immer noch: »Hilfe, Hilfe, ein unheffliches Heimalump! Heim, heim, ein heffunliches Hilfalump! Heff, heff, ein lumphässliches Limpfahump!« Und es hörte nicht auf zu schreien und zu hoppeln, bis es Christopher Robins Wohnung erreicht hatte.

»Was ist denn bloß los, Ferkel?«, sagte Christopher Robin, der gerade aufstand.

»Heff«, sagte Ferkel und atmete so schwer, dass es kaum sprechen konnte, »ein Heff – ein Heff – ein Heffalump.«

»Wo?«

»Dahinten«, sagte Ferkel und wedelte mit der Pfote.

»Wie hat es ausgesehen?«

»Wie ... Wie ... Es hatte den größten Kopf, den du je gesehen hast, Christopher Robin. Ein riesengroßes Ding, wie ... Wie nichts. Ein wahnsinnsgroßes ... Tja, wie ein ... Ich weiß nicht ... Wie ein wahnsinnsriesengroßes Garnichts. Wie ein Topf.«

»Dann«, sagte Christopher Robin und zog sich die Schuhe an, »werde ich mal hingehen und es mir ankucken. Komm mit.«

Ferkel hatte keine Angst, wenn Christopher Robin dabei war, und die beiden gingen los ...

»Ich kann es schon hören, kannst du es auch schon hören?«, sagte Ferkel besorgt, als sie näher kamen.

»*Irgend*was kann ich hören«, sagte Christopher Robin.

Es war Pu, der seinen Kopf gegen eine Baumwurzel schmetterte, die er gefunden hatte.

»Da!«, sagte Ferkel. »Ist es nicht *grässlich*?« Und es klammerte sich ganz fest an Christopher Robins Hand.

Plötzlich fing Christopher Robin an zu lachen ... Und er lachte ... und lachte ... und lachte. Und während er immer noch lachte, knallte *peng* der Kopf des Heffalumps gegen die Baumwurzel, *klirr* machte der Topf, und Pus Kopf kam wieder zum Vorschein.

Dann sah Ferkel, was für ein törichtes Ferkel es gewesen war, und es schämte sich so sehr, dass es auf dem kürzesten Wege nach Hause lief und sich mit Kopfschmerzen ins Bett legte.

Aber Christopher Robin und Pu gingen nach Hause um miteinander zu frühstücken.
»Ach, Bär!«, sagte Christopher Robin. »Wie sehr ich dich liebe!«
»Ich dich auch«, sagte Pu.

Sechstes Kapitel
In welchem I-Ah Geburtstag hat und zwei Geschenke bekommt

I-Ah, der alte graue Esel, stand am Bach und betrachtete sich im Wasser.

»Ein Bild des Jammers«, sagte er. »Genau. Ein Bild des Jammers.« Er drehte sich um und ging langsam zwanzig Meter am Bach entlang, durchquerte ihn platschend und ging langsam auf der anderen Seite wieder zurück. Dann betrachtete er sich wieder im Wasser.

»Wie ich mir gedacht hatte«, sagte er. »Von *dieser* Seite auch nicht besser. Aber das stört niemanden. Es macht keinem was aus. Ein Bild des Jammers, aber genau.«

Es raschelte im Farn hinter ihm und heraus kam Pu.

»Guten Morgen, I-Ah«, sagte Pu.

»Guten Morgen, Pu Bär«, sagte I-Ah düster. »Falls es ein guter Morgen *ist*«, sagte er. »Was ich bezweifle«, sagte er.

»Warum, was ist denn los?«

»Nichts, Pu Bär, nichts. Nicht jeder kann es und mancher lässt es ganz. Das ist der ganze Witz.«

»Nicht jeder kann *was*?«, sagte Pu und rieb sich die Nase.

»Frohsinn. Gesang und Tanz. Ringel Ringel Rosen. Darf ich bitten, mein Fräulein.«

»Aha!«, sagte Pu. Er dachte lange nach und fragte dann:

»Was sind Ringelrosen?«

»Bonno-Mi«, fuhr I-Ah düster fort. »Französisches Wort; bedeutet so viel wie Bonhomie«, erläuterte er. »Ich beklage mich ja gar nicht, aber so ist es nun mal.«

Pu setzte sich auf einen großen Stein und versuchte das Gehörte zu überdenken. Es kam ihm wie ein Rätsel vor, und bei Rätseln war er nie besonders gut gewesen, da er ein Bär von sehr geringem Verstand war. Deshalb sang er stattdessen *Fragen, Fragen, immer nur Fragen*:

»Fragen, Fragen, immer nur Fragen.
Es kann der Käfer den Specht nicht ertragen.
Gib mir ein Rätsel auf; ich werde sagen:
›Da musst du jemand anders fragen.‹«

Das war die erste Strophe. Als er damit fertig war, sagte I-Ah nicht, dass sie ihm nicht gefallen hatte; deshalb sang Pu ihm freundlicherweise die zweite Strophe vor:

»Fragen, Fragen, immer nur Fragen.
Ein Fisch kann nicht pfeifen und ich kann nicht klagen.
Gib mir ein Rätsel auf; ich werde sagen:
›Da musst du jemand anders fragen.‹«

I-Ah sagte immer noch nichts; deshalb summte sich Pu die dritte Strophe leise selber vor:

»Fragen, Fragen, immer nur Fragen.
Unsichtbar wird der Honig im Magen.
Gib mir ein Rätsel auf; ich werde sagen:
›Da musst du jemand anders fragen.‹«

»So ist's recht«, sagte I-Ah. »Sing nur. Tideldum und tideldei. Nur einmal blüht im Jahr der Mai. Amüsier dich schön.«
»Das tu ich auch«, sagte Pu.
»Manche können das«, sagte I-Ah.
»Aber was ist denn bloß los?«
»*Ist* irgendwas los?«
»Du kommst mir so traurig vor, I-Ah.«
»Traurig? Warum sollte ich traurig sein? Ich habe Geburtstag. Der glücklichste Tag des Jahres.«
»Du hast Geburtstag?«, sagte Pu bass erstaunt.
»Natürlich. Sieht man das nicht? Kuck dir doch mal meine vielen Geschenke an.« Er winkte mit einem Fuß von hier nach da. »Kuck dir meinen Geburtstagskuchen an. Kerzen und rosa Zucker.«
Pu kuckte – erst nach rechts und dann nach links. »Geschenke?«, sagte Pu. »Geburtstagskuchen?«, sagte Pu. »*Wo?*«
»Kannst du sie nicht sehen?«
»Nein«, sagte Pu.
»Ich auch nicht«, sagte I-Ah. »Kleiner Scherz«, erläuterte er. »Ha, ha!«

Pu kratzte sich am Kopf, denn all dies verwirrte ihn etwas. »Aber hast du wirklich Geburtstag?«, fragte er.
»Ja.«
»Oh! Ja, dann herzliche Glückwünsche zum Geburtstag, I-Ah!«
»Dir ebenfalls, Pu Bär.«
»Aber *ich* habe doch gar nicht Geburtstag.«
»Nein, aber ich.«
»Aber du hast gesagt: ›Dir eben…‹«
»Warum auch nicht? Man möchte sich ja nicht immer nur an meinem Geburtstag elend fühlen, stimmt's?«
»Aha, verstehe«, sagte Pu.
»Es ist schon schlimm genug«, sagte I-Ah und brach fast zusammen, »wenn ich mich elend fühle, mit keinen Geschenken und keinem Kuchen und keinen Kerzen, und keiner nimmt richtig von mir Notiz, aber wenn sich alle anderen auch elend fühlen…«
Dies war zu viel für Pu. »Bleib, wo du bist!«, rief er I-Ah zu, als er kehrtmachte und so schnell wie möglich nach Hause eilte; denn er spürte, dass er dem armen I-Ah sofort *irgend*ein Geschenk besorgen musste, und danach konnte er sich immer noch ein angemessenes Geschenk überlegen. Vor seinem Haus fand er Ferkel, welches auf und ab sprang und versuchte den Türklopfer zu erreichen.
»Hallo, Ferkel«, sagte Pu.
»Hallo, Pu«, sagte Ferkel.
»Was versuchst *du* denn da?«
»Ich hatte versucht den Türklopfer zu erreichen«, sagte Ferkel. »Ich kam gerade vorbei und…«
»Lass mich mal«, sagte Pu liebenswürdig. Er griff nach oben und klopfte an die Tür. »Ich habe gerade I-Ah gese-

hen«, begann er, »und der arme I-Ah ist in einem sehr traurigen Zustand, weil er heute Geburtstag hat, und niemand hat davon Notiz genommen, und er ist sehr düster – du weißt ja, wie I-Ah ist –, und da stand er nun, und ... Erstaunlich, wie lange Wer-auch-immer-hier-wohnt braucht um an die Tür zu gehen.« Und er klopfte noch einmal.

»Aber, Pu!«, sagte Ferkel. »Das ist doch dein Haus!«

»Oh!«, sagte Pu. »Mein Haus«, sagte er. »Dann wollen wir doch mal eintreten.«

Also traten sie ein. Als Erstes ging Pu an den Schrank um zu sehen, ob er noch einen ganz kleinen Topf Honig übrig hatte; er hatte noch einen und er nahm ihn aus dem Schrank.

»Dies werde ich I-Ah schenken«, erklärte er, »als Geschenk. Was wirst *du* ihm schenken?«

»Könnte ich es nicht mitschenken?«, sagte Ferkel. »Von uns beiden?«

»Nein«, sagte Pu. »Das wäre *kein* guter Plan.«

»Na gut, dann schenke ich ihm einen Ballon. Ich habe noch einen von meiner Party übrig. Ich gehe jetzt los und hole ihn, ja?«

»Das, Ferkel, ist eine *sehr* gute Idee. Das ist genau das, was sich I-Ah zur Aufheiterung wünscht. Niemand kann mit einem Ballon unaufgeheitert bleiben.«
Also trabte Ferkel davon; Pu ging in die andere Richtung mit seinem Honigtopf.

Es war ein warmer Tag und er hatte einen weiten Weg. Er hatte noch nicht mehr als die Hälfte des Weges zurückgelegt, als ein seltsames Gefühl überall an ihm herumzukriechen begann. Es fing an seiner Nasenspitze an, tröpfelte von oben bis unten durch ihn hindurch und durch die Fußsohlen wieder hinaus. Es war haargenau so, als würde jemand in seinem Inneren sagen: »So, Pu, Zeit für eine Kleinigkeit.«
»Oha«, sagte Pu, »ich wusste gar nicht, dass es schon so spät ist.« Also setzte er sich hin und nahm den Deckel vom Honigtopf. Nur gut, dass ich dies mitgenommen habe, dachte er. Viele Bären, die an so einem warmen Tag wie heute ausgehen, hätten nie daran gedacht, sich eine Kleinigkeit mitzunehmen. Und er begann zu essen.
Nun wollen wir mal sehen, dachte er, als er den Topf ein letztes Mal ausschleckte, wohin wollte ich? Ach ja, zu I-Ah. Er erhob sich langsam.

Und dann, plötzlich, fiel es ihm ein. Er hatte I-Ahs Geburtstagsgeschenk aufgegessen!
»*So ein Mist!*«, sagte Pu. »Was *soll* ich nur machen? Ich *muss* ihm *irgend*was schenken.«
Zunächst konnte er an gar nichts Passendes denken. Dann dachte er: Immerhin ist es ein sehr hübscher Topf, auch wenn kein Honig drin ist, und wenn ich ihn sauber auswasche und es schreibt mir jemand »*Herzlichen Glückwunsch zum Geburtstag*« drauf, könnte I-Ah Sachen drin aufbewahren, und das könnte dann nützlich sein. Als er also gerade am Hundertsechzig-Morgen-Wald vorbeikam, bog er ab und ging in den Wald um Eule zu besuchen, die dort wohnte.

»Guten Morgen, Eule«, sagte er.
»Guten Morgen, Pu«, sagte Eule.
»Herzlichen Glückwunsch zu I-Ahs Geburtstag«, sagte Pu.
»Ach, heute issst I-Ahsss Geburtsssstag?«
»Was schenkst du ihm, Eule?«
»Was schenksssst *du* ihm, Pu?«
»Ich schenke ihm einen nützlichen Topf, in dem er Sachen aufbewahren kann, und ich wollte dich fragen, ob ...«
»Issst er dasss?«, sagte Eule und nahm ihn Pu aus der Pfote.
»Ja, und ich wollte dich fragen, ob ...«
»Esss hat jemand Honig drin aufbewahrt«, sagte Eule.
»Man kann *alles* drin aufbewahren«, sagte Pu ernst. »Er ist nämlich sehr nützlich. Und ich wollte dich fragen, ob ...«
»Du solltesssst ›*Herzzzlichen Glückwunsch zzzum Geburtssstag*‹ draufschreiben.«
»*Darum* wollte ich dich bitten«, sagte Pu. »Meine Rechtschreibung ist nämlich etwas wacklig. Sie ist eine gute Rechtschreibung, aber sie wackelt, und die Buchstaben geraten an den falschen Ort. Könntest du für mich ›*Herzlichen Glückwunsch zum Geburtstag*‹ draufschreiben?«
»Esss issst ein hübscher Topf«, sagte Eule und betrachtete ihn von allen Seiten. »Könnte ich ihn nicht mitschenken? Von unssss beiden?«
»Nein«, sagte Pu. »Das wäre *kein* guter Plan. Jetzt werde ich ihn zuerst auswaschen und dann kannst du draufschreiben.«
Er wusch also den Topf aus und trocknete ihn ab, wäh-

rend Eule an ihrem Bleistift leckte und sich fragte, wie man »Geburtstag« schreibt.
»Kannssst du lesen, Pu?«, fragte sie ein wenig besorgt.
»Ich habe draußßßen zzzwei Zzzettel, die sich mit Klopfen und Klingeln befasssssssen. Chrissstopher Robin hat sie geschrieben. Könntessst du sie lesen?«
»Christopher Robin hat mir gesagt, was draufsteht, und *dann* konnte ich sie lesen.«
»Gut, ich werde dir sagen, wasss *hier* draufsteht, und dann kannssst du esss auch lesen.«
Also schrieb Eule ... Und hier steht, was sie geschrieben hat:

HIRZ LERZ NUCKWNÜSCH UZM
BUBU BUGEBU BURZKAT

Pu sah bewundernd zu.
»Ich schreibe nur gerade ›Herzzzlichen Glückwunsch‹«, sagte Eule leichthin.
»Das ist aber schön lang«, sagte Pu, der davon sehr beeindruckt war.
»Na ja, *in Wirklichkeit* schreibe ich ›Die allerherzzzlichssssten Glück- und Segensssswünsche zzzum Geburtsstag. In Liebe, dein Pu‹. Um so etwasss Langesss zzzu schreiben braucht man naturgemäßßß viel Bleistift.«
»Aha, verstehe«, sagte Pu.
Während all dies geschah, war Ferkel nach Hause gegangen um I-Ahs Ballon zu holen. Es drückte ihn ganz fest an sich, damit er nicht davongeweht wurde, und es lief, so schnell es konnte, damit es vor Pu bei I-Ah war; es dachte sich nämlich, dass es gern der Erste wäre, der ein Ge-

schenk überreichte, als hätte es ganz von alleine dran gedacht. Und wie es so rannte und daran dachte, wie sehr sich I-Ah freuen würde, achtete es nicht auf den Weg ... Und plötzlich blieb es mit einem Fuß in einem Kaninchenloch stecken und fiel flach aufs Gesicht.

PENG !!! ??? *** !!!

So lag Ferkel da und fragte sich, was passiert war. Erst dachte es, die ganze Welt sei in die Luft geflogen; dann dachte es, dass vielleicht nur der Teil mit dem Wald in die Luft geflogen war; und dann dachte es, dass vielleicht nur *es selbst* in die Luft geflogen war, und nun war es ganz allein auf dem Mond oder sonst wo und würde Christopher Robin oder Pu oder I-Ah nie wieder sehen. Und dann dachte es: Selbst auf dem Mond braucht man nicht die ganze Zeit mit dem Gesicht auf dem Boden zu liegen, weshalb es vorsichtig aufstand und sich umsah.
Es war immer noch im Wald!
Das ist aber komisch, dachte es. Ich frage mich, was das für ein Knall war. Ich kann doch durch Hinfallen nicht so einen Krach gemacht haben. Und wo ist mein Ballon? Und was soll dieser kleine feuchte Fetzen?
Es war der Ballon.

»O weh«, sagte Ferkel. »O weh, owei, o weh und ach! Aber jetzt ist es zu spät. Ich kann nicht mehr zurück, und ich habe keinen Ballon mehr, und vielleicht *mag* I-Ah Ballons gar nicht so *sehr*.«
So trabte es weiter, nunmehr ziemlich traurig, und es kam zum Bach hinunter, wo I-Ah war.

»Guten Morgen, I-Ah«, rief Ferkel.
»Guten Morgen, kleines Ferkel«, sagte I-Ah. »Falls es ein guter Morgen ist«, sagte er. »Was ich bezweifle«, sagte er.
»Herzlichen Glückwunsch zum Geburtstag«, sagte Ferkel, welches nun näher gekommen war.
I-Ah hörte damit auf, sich im Bach zu betrachten, und machte eine Drehung um Ferkel anzustarren.
»Sag das noch mal«, sagte er.
»Herzlichen Glück...«
»Einen Augenblick, bitte.«
I-Ah versuchte auf drei Beinen das Gleichgewicht zu halten und begann das vierte Bein sehr vorsichtig bis an sein Ohr zu heben. »Gestern ging es noch«, erklärte er, als er zum dritten Mal hinfiel. »Es ist ganz leicht. Damit ich besser hören kann ... Da, jetzt hat's geklappt! Ja, also, was sagtest du gerade?« Er drückte sein Ohr mit dem Huf nach vorn.

»Herzlichen Glückwunsch zum Geburtstag«, sagte Ferkel noch einmal.
»Meinst du mich?«
»Natürlich, I-Ah.«
»Und meinen Geburtstag?«
»Ja.«
»Ich soll einen echten Geburtstag haben?«
»Ja, I-Ah, und ich habe dir ein Geschenk mitgebracht.«
I-Ah nahm den rechten Huf von seinem rechten Ohr, drehte sich um und hob unter großen Schwierigkeiten den linken Huf.
»Das brauche ich auch noch mal ins andere Ohr«, sagte er. »Also bitte.«
»Ein Geschenk«, sagte Ferkel sehr laut.
»Und du meinst wieder mich?«
»Ja.«
»Immer noch meinen Geburtstag?«
»Natürlich, I-Ah.«
»Und ich habe immer noch einen echten Geburtstag?«
»Ja, I-Ah, und ich habe dir einen Ballon mitgebracht.«
»*Ballon?*«, sagte I-Ah. »Hast du Ballon gesagt? Eins dieser großen bunten Dinger, die man aufbläst? Frohsinn, Gesang und Tanz, Ringel Ringel Rosen, Wechselschritt?«
»Ja, aber ich fürchte ... Es tut mir sehr Leid, I-Ah ... aber als ich hierher gerannt bin um ihn dir zu schenken, bin ich hingefallen.«
»Na, so ein Pech! Du bist zu schnell gelaufen, nehme ich an. Du hast dir doch nicht wehgetan, kleines Ferkel?«
»Nein, aber ich ... ich ... ich ... Ach, I-Ah, ich habe den Ballon kaputtgemacht!«
Lange war es ganz still.

»Meinen Ballon?«, sagte I-Ah schließlich.
Ferkel nickte.
»Meinen Geburtstagsballon?«
»Ja, I-Ah«, sagte Ferkel und schniefte leicht. »Hier ist er. Mit ... Mit einem herzlichen Glückwunsch zum Geburtstag.« Und es gab I-Ah den kleinen feuchten Fetzen.

»Ist es das?«, sagte I-Ah ein wenig überrascht.
Ferkel nickte.
»Mein Geschenk?«
Wieder nickte Ferkel.
»Der Ballon?«
»Ja.«
»Danke, Ferkel«, sagte I-Ah. »Es macht dir doch nichts aus, wenn ich dich etwas frage«, fuhr er fort, »aber welche Farbe hatte dieser Ballon, als er ... als er ein Ballon *war*?«
»Rot.«
»Ich wollte es nur wissen ... Rot«, murmelte I-Ah vor sich hin. »Meine Lieblingsfarbe ... Und wie groß war er?«
»Etwa so groß wie ich.«
»Ich wollte es nur wissen ... Etwa so groß wie Ferkel«, sagte er traurig vor sich hin. »Meine Lieblingsgröße. Nun ja.«
Ferkel fühlte sich sehr elend und wusste nicht, was es

sagen sollte. Es hatte immer noch den Mund offen um einen Satz zu sagen, und dann beschloss es, dass *dieser* Satz nicht passte, und dann hörte es von der anderen Seite des Baches einen Ruf, und dort war Pu.

»Herzlichen Glückwunsch zum Geburtstag«, rief Pu und vergaß dabei, dass er das bereits gesagt hatte.

»Danke, Pu; die Feier ist in vollem Gange«, sagte I-Ah düster.

»Ich habe dir ein kleines Geschenk mitgebracht«, sagte Pu aufgeregt.

»Ich habe schon eins«, sagte I-Ah.

Pu war nun platschend durch den Bach zu I-Ah gekommen und Ferkel saß ein wenig abseits, den Kopf in den Pfoten, leise vor sich hin schniefend.

»Es ist ein nützlicher Topf«, sagte Pu. »Hier ist er. Und es steht ›Die allerherzlichsten Glück- und Segenswünsche zum Geburtstag. In Liebe, dein Pu‹ draufgeschrieben. Das bedeutet nämlich das ganze Geschriebene. Und man kann Sachen hineintun. Da!«

Als I-Ah den Topf sah, wurde er ganz aufgeregt.

»Nanu!«, sagte er. »Ich glaube, mein Ballon passt genau in diesen Topf!«

»Aber nein, I-Ah«, sagte Pu. »Ballons sind viel zu groß um in Töpfe zu passen. Mit Ballons macht man andere Sachen. Man hält sie an einer Schnur ...«

»Meinen nicht«, sagte I-Ah stolz. »Kuck mal, Ferkel!« Und als sich Ferkel traurig umsah, hob I-Ah den Ballon mit den Zähnen auf und legte ihn vorsichtig in den Topf; dann holte er ihn wieder heraus und legte ihn auf die Erde; dann hob er ihn wieder auf und legte ihn vorsichtig zurück in den Topf.

»Es klappt ja!«, sagte Pu. »Er passt hinein!«
»Es klappt ja!«, sagte Ferkel. »Und er geht auch wieder raus!«
»Etwa nicht?«, sagte I-Ah. »Er geht rein und raus wie sonst was.«
»Ich bin sehr froh darüber«, sagte Pu glücklich, »dass ich daran gedacht habe, dir einen nützlichen Topf zu schenken, in den man Sachen tun kann.«
»Ich bin sehr froh darüber«, sagte Ferkel glücklich, »dass ich daran gedacht habe, dir etwas zu schenken, was man in einen nützlichen Topf tun kann.«
Aber I-Ah hörte gar nicht hin. Er holte den Ballon heraus und steckte ihn wieder zurück, und er war so glücklich, wie man nur sein kann ...

»Und habe *ich* ihm nichts geschenkt?«, fragte Christopher Robin traurig.
»Natürlich hast du ihm etwas geschenkt«, sagte ich. »Du hast ihm ... Weißt du nicht mehr? Du hast ihm – einen kleinen – einen kleinen ...«
»Ich habe ihm einen Malkasten geschenkt, damit er Sachen malen kann.«
»Genau.«

»Warum habe ich ihm den nicht schon morgens geschenkt?«

»Du hattest so viel mit den Vorbereitungen für seine Party zu tun. Er bekam eine Torte mit Zuckerguss und drei Kerzen, und auf der Torte stand sein Name in Rosa, und ...«

»Ja, *jetzt* weiß ich es wieder«, sagte Christopher Robin.

Siebtes Kapitel
In welchem Känga und Klein
Ruh in den Wald kommen und
Ferkel ein Bad nimmt

Niemand schien zu wissen, woher sie kamen, aber da waren sie nun, im Wald: Känga und Klein Ruh. Als Pu Christopher Robin fragte: »Wie sind sie hierher gekommen?«, sagte Christopher Robin: »Auf die übliche Weise, wenn du weißt, was ich meine, Pu«, und Pu, der nicht wusste, was Christopher Robin meinte, sagte: »Aha!« Dann nickte er zweimal mit dem Kopf und sagte: »Auf die übliche Weise. Soso!« Dann ging er um seinen Freund Ferkel zu besuchen und zu erfahren, was es davon hielt. Und bei Ferkel fand er Kaninchen. So sprachen sie gemeinsam darüber.

»Was mir daran nicht gefällt, ist Folgendes«, sagte Kaninchen. »Hier sind wir – du, Pu, und du, Ferkel, und ich – und plötzlich ...«

»Und I-Ah«, sagte Pu.

»Und I-Ah – und plötzlich ...«

»Und Eule«, sagte Pu.

»Und Eule – und dann, ganz plötzlich ...«

»Ach, und I-Ah«, sagte Pu. »*Ihn* hatte ich vergessen.«

»Hier. Sind. Wir«, sagte Kaninchen sehr langsam und betont. »Wir. Alle. Und dann, plötzlich, wachen wir eines Morgens auf und was finden wir? Wir finden ein fremdes Tier unter uns. Ein Tier, von dem wir nie auch nur gehört haben! Ein Tier, das seine Familie in der Tasche mit sich herumschleppt! Angenommen, *ich* schleppte *meine* Familie in *meiner* Tasche mit mir herum – wie viele Taschen ich da wohl brauchte?«

»Sechzehn«, sagte Ferkel.

»Siebzehn, stimmt's?«, sagte Kaninchen. »Und noch eine für ein Taschentuch; das macht achtzehn. Ich *bitte* euch.«

Es trat eine lange, nachdenkliche Pause ein, und dann sagte Pu, der seit mehreren Minuten die Stirn heftig gerunzelt hatte: »Bei *mir* sind es fünfzehn.«

»Was?«, sagte Kaninchen.

»Fünfzehn.«

»Fünfzehn was?«

»Deine Familie.«

»Was ist mit meiner Familie?«

Pu rieb sich die Nase und sagte, er habe geglaubt, Kaninchen habe über seine Familie gesprochen.

»Tatsächlich?«, sagte Kaninchen zerstreut.

»Ja, du hast gesagt ...«

»Das ist doch ganz egal, Pu«, sagte Ferkel ungeduldig. »Die Frage ist: Was sollen wir mit Känga machen?«

»Ah, verstehe«, sagte Pu.

»Das Beste«, sagte Kaninchen, »wäre dies. Das Beste wäre Klein Ruh zu stehlen und es zu verstecken, und wenn dann Känga sagt: ›Wo ist Klein Ruh?‹, sagen wir: ›Aha!‹«

»*Aha!*«, sagte Pu zur Übung. »*Aha! Aha!* ... Wir könnten natürlich«, fuhr er fort, »auch ›Aha!‹ sagen, wenn wir Klein Ruh nicht gestohlen hätten.«

»Pu«, sagte Kaninchen freundlich, »du hast nicht den geringsten Verstand.«

»Ich weiß«, sagte Pu demütig.

»Wir sagen ›*Aha!*‹, damit Känga weiß, dass wir wissen, wo Klein Ruh ist. ›*Aha!*‹ bedeutet: ›Wir werden dir sagen, wo Klein Ruh ist, wenn du uns versprichst, dass du aus dem Wald verschwindest und nie wiederkommst.‹ Jetzt redet nicht, während ich denke.«

Pu ging in eine Ecke und versuchte mit dieser speziellen Stimme ›Aha!‹ zu sagen. Manchmal kam es ihm so vor, als bedeute es das, was Kaninchen gesagt hatte, und manchmal kam es ihm nicht so vor. Ich glaube, es liegt nur an der Übung, dachte er. Ich frage mich, ob Känga auch üben muss um es zu verstehen.

»Nur eine Frage«, sagte Ferkel und zappelte ein bisschen. »Ich habe mit Christopher Robin gesprochen und er sagte, dass ein Känga im Allgemeinen als eins der wilderen Tiere angesehen wird. Ich habe zwar vor ganz normal wilden Tieren keine Angst, aber es ist wohl bekannt, dass eins der wilderen Tiere, wenn man es seines Jungen beraubt, so wild wird wie zwei der wilderen Tiere. In welchem Fall es vielleicht *dumm* wäre, ›Aha!‹ zu sagen.«

»Ferkel«, sagte Kaninchen, zog einen Bleistift hervor und leckte ihn an, »du hast nicht den geringsten Mumm.«

»Es ist schwer, tapfer zu sein«, sagte Ferkel und schniefte leise, »wenn man nur ein sehr kleines Tier ist.«

Kaninchen, das eifrig zu schreiben begonnen hatte, blickte auf und sagte: »Weil du ein sehr kleines Tier bist, wirst du in dem vor uns liegenden Abenteuer nützlich sein.«

Ferkel war bei dem Gedanken daran, nützlich zu sein, so aufgeregt, dass es vergaß weiter Angst zu haben, und als Kaninchen weitersprach und sagte, Kängas seien nur während der Wintermonate wild, sonst aber von zärtlicher Veranlagung, konnte es kaum noch still sitzen, so sehr brannte es darauf, sofort nützlich zu sein.

»Was ist mit mir?«, sagte Pu traurig. »*Ich* werde wohl nicht nützlich sein?«

»Macht nichts, Pu«, tröstete ihn Ferkel. »Vielleicht ein andermal.«

»Ohne Pu«, sagte Kaninchen, während es seinen Bleistift anspitzte, »wäre das Abenteuer unmöglich.«

»Ach!«, sagte Ferkel und versuchte nicht enttäuscht auszusehen.

Aber Pu ging in eine Ecke des Zimmers und sagte stolz bei sich: »Unmöglich ohne mich! *Diese* Sorte Bär.«

»Jetzt hört mal alle zu«, sagte Kaninchen, als es fertig geschrieben hatte, und Pu und Ferkel hörten sehr aufmerksam mit offenem Mund zu. Dies ist der Text, den Kaninchen vorlas:

PLAN ZUR ENTFÜHRUNG VON KLEIN RUH

1. *Allgemeine Bemerkungen.* Känga läuft schneller als wir alle, sogar schneller als ich.
2. *Weitere allgemeine Bemerkungen.* Känga lässt Klein Ruh nie aus den Augen, außer wenn es sicher in ihre Tasche eingeknöpft ist.
3. *Deshalb.* Wenn wir Klein Ruh entführen wollen, brauchen wir Vorsprung, weil Känga schneller läuft als wir alle, sogar schneller als ich. *(Siehe 1).*
4. *Ein Gedanke.* Wenn Ruh aus Kängas Tasche heraus- und Ferkel hineingesprungen wäre, würde Känga den Unterschied nicht bemerken, da Ferkel ein sehr kleines Tier ist.
5. Wie Ruh.
6. Aber zuerst müsste Känga woandershin kucken, damit sie nicht sieht, wie Ferkel hineinspringt.
7. Siehe 2.
8. *Ein weiterer Gedanke.* Aber wenn Pu sehr aufgeregt mit ihr spräche, *könnte* sie vielleicht einen Moment lang woandershin kucken.
9. Und dann könnte ich mit Ruh wegrennen.
10. Schnell.
11. *Und Känga würde den Unterschied nicht bemerken. Erst danach.*

Stolz las Kaninchen dies vor, und nachdem es dies vorgelesen hatte, sagte längere Zeit niemand etwas. Und dann gelang es Ferkel, welches lautlos den Mund auf- und zugemacht hatte, zu sagen: »Und – danach?«
»Was willst du damit sagen?«
»Wenn Känga den Unterschied *bemerkt*.«
»Dann sagen wir alle: ›Aha!‹«
»Wir alle drei?«
»Ja.«
»Oh!«
»Was hast du denn noch für Bedenken, Ferkel?«
»Keine«, sagte Ferkel, »solange *wir alle drei* es sagen. Solange wir alle drei es sagen«, sagte Ferkel, »ist es mir recht«, sagte es, »aber es wäre mir gar nicht lieb, allein ›Aha!‹ zu sagen. Das würde sich *längst* nicht so gut anhören. Übrigens«, sagte es, »du bist dir doch ganz sicher mit dem, was du über die Wintermonate gesagt hast?«
»Die Wintermonate?«
»Ja, dass sie nur in den Wintermonaten wild sind.«
»Oh, ja, ja, damit hat es seine Richtigkeit. Nun, Pu? Du siehst, was du zu tun hast?«
»Nein«, sagte Pu Bär. »Noch nicht«, sagte er. »Was *tue* ich denn?«
»Du brauchst nur sehr heftig auf Känga einzureden, damit sie nichts bemerkt.«
»Ach! Worüber denn?«
»Worüber du willst.«
»Du meinst, ich soll ihr ein paar Verse aufsagen oder so?«
»Genau«, sagte Kaninchen. »Großartig. Und jetzt kommt mit.«

Also gingen sie alle los um Känga zu suchen.
Känga und Ruh verbrachten einen ruhigen Nachmittag an einer sandigen Stelle des Waldes. Klein Ruh übte sehr kleine Sprünge im Sand und fiel in Mauselöcher und kletterte wieder heraus, und Känga rannte unruhig auf und ab und sagte: »Nur noch ein Sprung, Liebling, und dann müssen wir nach Hause.« Und in diesem Augenblick kam kein anderer als Pu den Hügel heraufgestapft.

»Guten Tag, Känga.«
»Guten Tag, Pu.«
»Kuck mal, wie ich springe«, quietschte Ruh und fiel in ein weiteres Mauseloch.
»Hallo, Ruh, mein Kleines!«
»Wir wollten gerade nach Hause«, sagte Känga. »Guten Tag, Kaninchen. Guten Tag, Ferkel.«
Kaninchen und Ferkel, die jetzt von der anderen Seite des Hügels heraufgekommen waren, sagten »Guten Tag« und »Hallo, Ruh«, und Ruh bat sie ihm beim Springen zuzusehen; also blieben sie und sahen zu.

Und Känga sah ebenfalls zu ...
»Ach, Känga«, sagte Pu, nachdem Kaninchen ihm zweimal zugezwinkert hatte, »ich weiß nicht, ob du dich überhaupt für Verse interessierst.«
»Nicht nennenswert«, sagte Känga.
»Ach!«, sagte Pu.
»Ruh, mein Liebling, nur noch ein Sprung und dann müssen wir nach Hause.«
Es wurde kurz still, während Ruh in ein weiteres Mauseloch fiel.
»Weiter«, sagte Kaninchen laut flüsternd hinter der Pfote hervor.
»Da wir gerade über Verse sprechen«, sagte Pu, »ich habe mir auf dem Weg hierher etwas Kleines einfallen lassen. Es ging so. Äh ... Mal sehen ...«
»Wie schön!«, sagte Känga. »So, Ruh, mein Liebling ...«
»Diese Verse werden dir gefallen«, sagte Kaninchen.
»Du wirst sie lieben«, sagte Ferkel.
»Du musst sehr aufmerksam zuhören«, sagte Kaninchen.

»Damit du nichts verpasst«, sagte Ferkel.
»Aber ja«, sagte Känga, aber sie sah immer noch Ruh an.
»*Wie* ging es noch gleich, Pu?«, sagte Kaninchen.
Pu räusperte sich und fing an:

»ZEILEN, VON EINEM BÄREN MIT SEHR
WENIG VERSTAND GESCHRIEBEN

    Am Montag scheint die Sonne heiß.
    Ich stelle mir die Frage:
    Weiß ich es, dass ich dieses weiß?
    Wie sieht sie aus, die Lage?

    Am Dienstag hagelt es und schneit.
    Erschaure, Mensch, und lies:
    Es herrscht die große Unklarheit;
    Ist dies das, jenes dies?

    Am Mittwoch, wenn der Himmel blaut,
    Ich alles schleifen lass
    Und frag mich leise (oft auch laut):
    Was ist wer und wo was?

    Am Donnerstag das erste Eis
    Als Reif auf Bäumen funkelt.
    Da weiß ich, dass ich dieses weiß:
    Wer? Was? Wie? Bis es dunkelt.

    Am Freitag ...«

»Ja, nicht wahr?«, sagte Känga, die nicht darauf wartete, was am Freitag passierte. »Nur noch ein Sprung, Ruh, Liebes, und dann *müssen* wir aber weg.«

Kaninchen versetzte Pu einen Wird's-bald-Stups.

»Da wir gerade von Versen sprechen«, sagte Pu schnell, »hast du jemals den Baum dort drüben bemerkt?«

»Wo?«, sagte Känga. »Komm jetzt, Ruh ...«

»Genau da drüben«, sagte Pu und zeigte hinter Kängas Rücken.

»Nein«, sagte Känga. »Jetzt spring rein, Ruh, mein Liebling, und dann gehen wir nach Hause.«

»Du solltest dir den Baum dort drüben ansehen«, sagte Kaninchen. »Soll ich dich in den Beutel stecken, Ruh?« Und es hob Ruh mit den Pfoten auf.

»Ich kann von hier aus einen Vogel auf dem Baum sehen«, sagte Pu. »Oder ist es ein Fisch?«

»Du müsstest von hier aus einen Vogel sehen können«, sagte Kaninchen. »Falls es kein Fisch ist.«

»Es ist kein Fisch, es ist ein Vogel«, sagte Ferkel.

»Stimmt«, sagte Kaninchen.

»Ist es ein Star oder eine Amsel?«, sagte Pu.

»Das ist die große Frage«, sagte Kaninchen. »Ist es eine Amsel oder ein Star?«

Und dann wandte Känga endlich den Kopf um nachzusehen. Und sobald sie den Kopf gewandt hatte, sagte Kaninchen mit lauter Stimme: »Hinein mit dir, Ruh!«, und Ferkel sprang in Kängas Tasche, und Kaninchen hoppelte mit Ruh in den Pfoten, so schnell es konnte, davon.

»Wo ist denn Kaninchen?«, sagte Känga, die sich wieder umgedreht hatte. »Wie geht es dir, Ruh, mein Liebling?«

Ferkel machte ganz tief in Kängas Beutel ein quiekendes Ruh-Geräusch.

»Kaninchen musste fort«, sagte Pu. »Ich glaube, es hat an etwas gedacht, was es ganz plötzlich erledigen musste.«

»Und Ferkel?«

»Ich glaube, Ferkel hat zur selben Zeit an etwas gedacht. Ganz plötzlich.«

»Na, wir müssen jedenfalls nach Hause«, sagte Känga. »Lebe wohl, Pu.« Und mit drei großen Sprüngen war sie weg.

Pu sah ihr nach.

Ich wäre froh, wenn ich auch so springen könnte, dachte er. Manche können es und manche können es nicht. So ist das nun mal.

Aber es gab Augenblicke, in denen Ferkel froh gewesen wäre, wenn Känga es nicht gekonnt hätte. Oft, wenn es auf dem langen Heimweg durch den Wald gewesen war, hatte es sich gewünscht ein Vogel zu sein, aber jetzt dachte es ruckartig tief unten in Kängas Beutel:

```
        dies         ich              daran
Wenn  Fliegen  werde  mich  wirklich  gewöhnen.
        ist,         nie
```

Und wenn es in die Luft ging, sagte Ferkel: »*Uuuuuuj!*«
Und wenn es wieder herunterkam, sagte Ferkel: »*Au!*«
Und auf dem ganzen Weg zu Kängas Wohnung sagte es:
»*Uuuuuuj-au, uuuuuuj-au, uuuuuuj-au!*«
Natürlich sah Känga sofort, als sie ihren Beutel aufknöpfte, was geschehen war. Nur einen Augenblick lang dachte sie, sie hätte Angst, aber dann wusste sie, dass sie keine Angst hatte, denn sie war sicher, dass Christopher Robin nie zulassen würde, dass Ruh etwas Böses geschähe. Also sagte sie sich: »Wenn die sich mit mir einen Scherz erlauben wollen, werde ich mir mit ihnen einen erlauben.«
»Also, Ruh, mein Liebes«, sagte sie, als sie Ferkel aus dem Beutel holte. »Zeit ins Bett zu gehen.«
»*Aha!*«, sagte Ferkel, so gut es nach der entsetzlichen Reise konnte. Aber es war kein sehr gutes »*Aha!*«, und Känga schien nicht zu verstehen, was es bedeutete.
»Zuerst baden«, sagte Känga mit munterer Stimme.
»*Aha!*«, sagte Ferkel wieder und sah sich besorgt nach den anderen um. Aber die anderen waren nicht da. Kaninchen spielte bei sich zu Hause mit Klein Ruh und mochte das kleine Tier von Minute zu Minute lieber, und Pu, der

beschlossen hatte ein Känga zu sein, war immer noch bei der sandigen Stelle oben im Wald und übte Sprünge.
»Ich weiß gar nicht mal«, sagte Känga nachdenklich, »ob es nicht eine gute Idee wäre, heute Abend ein *kaltes* Bad zu nehmen. Würde dir das gefallen, Ruh, mein Liebling?«
Ferkel, welches Bäder noch nie sonderlich gemocht hatte, schauderte lange empört und sagte dann mit so tapferer Stimme wie möglich: »Känga, ich weiß, dass nun die Zeit für ein offenes Wort gekommen ist.«
»Klein Ruh, du bist komisch«, sagte Känga, als sie das Badewasser bereitete.
»Ich bin nicht Ruh«, sagte Ferkel laut. »Ich bin Ferkel!«

»Ja, mein Liebling, ja«, sagte Känga beruhigend. »Und dann machst du auch noch Ferkels Stimme nach! So ein schlauer Liebling«, fuhr sie fort, als sie ein großes Stück Kernseife aus dem Schrank nahm. »Was fällt dir bloß *noch* alles ein?«

»Kannst du nicht *sehen*?«, rief Ferkel. »Hast du keine *Augen*? Sieh mich *an*!«

»Ich *sehe* dich ja, Ruh, mein Liebling«, sagte Känga ziemlich ernst. »Und du weißt, was ich dir gestern über Grimassen gesagt habe. Wenn du weiter ein Gesicht wie Ferkel machst, wirst du, wenn du groß bist, *aussehen* wie Ferkel – und stell dir nur mal vor, wie Leid dir *das* tun wird. Also, marsch in die Wanne, und jetzt möchte ich kein Wort mehr darüber verlieren müssen.«

Bevor es wusste, wie ihm geschah, war Ferkel in der Wanne und Känga schrubbte es heftig mit einem großen Waschlappen voller Seifenschaum.

»*Au!*«, schrie Ferkel. »Lass mich raus! Ich bin Ferkel!«
»Mach nicht den Mund auf, Liebes, sonst kommt Seife rein«, sagte Känga. »Da! Was hab ich dir gesagt?«
»Das ... das ... das hast du mit Absicht getan«, prustete Ferkel, sobald es wieder sprechen konnte, und dann be-

kam es zufällig einen weiteren Mundvoll Waschlappen mit Seifenschaum zu kosten.

»So ist es recht, Liebes, sag nichts«, sagte Känga, und im nächsten Augenblick wurde Ferkel aus der Wanne gehoben und mit einem Handtuch trockengerubbelt.

»Jetzt«, sagte Känga, »kommt noch deine Medizin und dann geht's ins Bett.«

»W-w-was für eine Medizin?«, sagte Ferkel.

»Damit du groß und stark wirst, Liebling. Du willst doch nicht so klein und schwach werden wie Ferkel, stimmt's? Also los!«

In diesem Augenblick wurde an die Tür geklopft.

»Herein«, sagte Känga, und Christopher Robin kam herein.

»Christopher Robin, Christopher Robin!«, schrie Ferkel.

»Sag Känga, wer ich bin! Sie behauptet ständig, ich wäre Ruh. Ich bin aber *nicht* Ruh, stimmt's?«

Christopher Robin sah Ferkel sehr sorgfältig an und schüttelte den Kopf. »Du kannst nicht Ruh sein«, sagte er, »weil ich Ruh gerade in Kaninchens Wohnzimmer beim Spielen gesehen habe.«

»Soso!«, sagte Känga. »Sonderbar! Sehr sonderbar, dass mir ein solcher Fehler unterlaufen sein sollte.«

»Siehst du!«, sagte Ferkel. »Ich hab's dir doch gesagt. Ich bin Ferkel.«

Christopher Robin schüttelte wieder den Kopf. »Du bist aber nicht Ferkel«, sagte er. »Ich kenne Ferkel gut, und es hat eine *ganz* andere Farbe.«

Ferkel wollte gerade sagen, das liege daran, dass es gerade gebadet habe, und dann dachte es, dass es dies vielleicht doch nicht sagen wollte, und als es den Mund aufmachte um etwas anderes zu sagen, stopfte ihm Känga den Löffel mit der Medizin hinein und klopfte ihm dann auf den Rücken und sagte, der Geschmack sei doch eigentlich recht angenehm, wenn man sich erst mal daran gewöhnt habe.

»Ich wusste doch, dass es nicht Ferkel sein kann«, sagte Känga. »Ich frage mich, *wer* es sein kann.«

»Vielleicht irgendein Verwandter von Pu«, sagte Christopher Robin. »Vielleicht ein Neffe oder Onkel oder so was?«

Känga gab ihm Recht und sagte, das sei es wahrscheinlich, und sagte, sie müssten es mit irgendeinem Namen anreden.

»Ich werde es Putel nennen«, sagte Christopher Robin. »Das ist die Abkürzung von Heinz Putel.«

Und gerade als dies beschlossene Sache war, schlängelte sich Heinz Putel aus Kängas Armen und sprang auf den Fußboden. Zu seiner großen Freude hatte Christopher Robin die Tür offen gelassen. Nie war Heinz Putel-Ferkel so schnell gerannt wie diesmal, und es hörte nicht auf zu rennen, bis es ganz nah bei seiner Wohnung war. Aber als es nur noch hundert Meter entfernt war, hörte es auf zu rennen und rollte den Rest des Weges nach Hause um wieder seine eigene Farbe zu bekommen ...

Also blieben Känga und Ruh im Wald. Und jeden Dienstag verbrachte Ruh mit seinem großen Freund Kaninchen, und jeden Dienstag verbrachte Känga mit ihrem großen Freund Pu, indem sie ihm Springen beibrachte, und jeden Dienstag verbrachte Ferkel mit seinem großen Freund Christopher Robin. So waren sie alle wieder glücklich.

ACHTES KAPITEL
In welchem Christopher Robin
eine Expotition zum Nordpohl leitet

Eines schönen Tages war Pu in den obersten Teil des Waldes gestapft um zu sehen, ob sich Christopher Robin überhaupt noch für Bären interessierte. Zum Frühstück an jenem Morgen (nur eine einfache Mahlzeit aus Orangenmarmelade, dünn auf eine bis zwei Honigwaben gestrichen) war ihm plötzlich ein neues Lied eingefallen. Es fing so an:

»*Singt Ho! der Bär soll leben.*«

Als er so weit gekommen war, kratzte er sich am Kopf und dachte bei sich: Das ist ein sehr guter Anfang für ein Lied, aber was ist mit der zweiten Zeile? Er versuchte zwei- bis dreimal »Ho« zu singen, aber das schien auch nicht zu helfen. Vielleicht wäre es besser, dachte er, wenn ich »Singt Hei! der Bär soll leben« sänge. Also sang er es ... Aber es war nicht besser. »Na gut«, sagte er, »ich werde diese erste Zeile zweimal singen, und vielleicht, wenn ich sie sehr schnell singe, werde ich bemerken, dass ich die dritte und die vierte Zeile singe, ohne vorher Zeit zu haben, über sie nachzudenken, und das ist dann ein gutes Lied. Also jetzt:

Singt Ho! der Bär soll leben!
Singt Ho! der Bär soll leben!
Es ist mir egal, ob Schnee oder Regen,
Meine Nase riecht Honig auf allen Wegen!
Es macht mir nichts aus, ob es schneit oder taut,
Denn ich hab mir die Pfoten mit Honig besaut!
Singt Ho! der Bär soll leben!
Singt Ho! leben soll Pu!
Er braucht einen kleinen Mundvoll ab und zu!«

Er war so zufrieden mit diesem Lied, dass er es den ganzen Weg über sang, bis ganz oben im Wald. Und wenn ich es noch sehr viel länger singe, dachte er, wird es Zeit für den kleinen Mundvoll, und dann stimmt die letzte Zeile nicht mehr, weil ich dann nicht ab und zu einen kleinen Mundvoll brauche, sondern sofort. Deshalb wandelte er den Gesang in ein Gesumm um.

Christopher Robin saß vor seiner Tür und zog sich gerade die großen Stiefel an. Sobald Pu die großen Stiefel sah, wusste er, dass ein Abenteuer passieren würde, und er strich sich mit dem Pfotenrücken den Honig von der Nase, und er putzte sich so gut wie möglich heraus um

auszusehen, als wäre er zu allem bereit. »Guten Morgen, Christopher Robin!«, rief er.

»Hallo, Pu Bär. Ich komme nicht in diesen Stiefel.«

»Das ist schlimm«, sagte Pu.

»Meinst du, du könntest dich freundlicherweise gegen mich lehnen, weil ich immer wieder so stark ziehe, dass ich immer wieder umfalle?«

Pu setzte sich, grub seine Füße in den Boden und drückte heftig gegen Christopher Robins Rücken, und Christopher Robin drückte heftig gegen Pus Rücken, und er zog und zog an seinem Stiefel, bis er ihn angezogen hatte.

»Das war das«, sagte Pu. »Was tun wir als Nächstes?«

»Wir gehen auf eine Expedition«, sagte Christopher Robin, als er aufstand und sich abbürstete. »Danke, Pu.«

»Auf eine Expotition?«, sagte Pu eifrig. »Ich glaube, auf so was war ich noch nie. Wohin müssen wir um auf diese Expotition zu kommen?«

»Expedition, dummer alter Bär. Da ist ein ›x‹ drin.«

»Ach!«, sagte Pu. »Ich weiß.« Aber das stimmte eigentlich gar nicht.

»Wir werden den Nordpohl entdecken.«

»Ach!«, sagte Pu wieder. »Was *ist* der Nordpohl?«, fragte er.

»Das ist eben etwas, was man entdeckt«, sagte Christopher Robin leichthin, denn genau wusste er es auch nicht.

»Ach! Verstehe«, sagte Pu. »Sind Bären gut im Entdecken?«

»Natürlich sind sie das. Und Kaninchen und Känga und ihr alle ebenfalls. Es ist eine Expedition. Das bedeutet Expedition. Alle, und zwar in einer langen Reihe. Sag schnell den anderen Bescheid, dass sie sich fertig machen, während ich mein Gewehr überprüfe. Und wir müssen alle Proviant mitbringen.«

»Was mitbringen?«

»Sachen zum Essen.«

»Ach!«, sagte Pu froh. »Ich dachte, du hättest ›Proviant‹ gesagt. Ich gehe hin und sage Bescheid.« Und er stapfte davon.

Der Erste, den er traf, war Kaninchen. »Hallo, Kaninchen«, sagte er, »bist du das?«

»Wir wollen mal so tun, als wäre ich es nicht«, sagte Kaninchen, »und sehen, was passiert.«

»Ich habe eine Nachricht für dich.«

»Ich werde sie weitergeben.«

»Wir gehen alle zusammen mit Christopher Robin auf eine Expotition!«

»Was ist es, wenn wir drauf sind?«

»Eine Art Boot, glaube ich«, sagte Pu.

»Ach, *die* Art!«
»Ja. Und wir werden einen Pohl oder so was Ähnliches entdecken. Oder war es eine Mole? Auf jeden Fall werden wir es entdecken.«
»Entdecken sollen wir das Ding?«, sagte Kaninchen.
»Ja. Und wir sollen Pro-Sachen zum Essen mitbringen. Falls wir sie essen wollen. Jetzt gehe ich weiter zu Ferkel. Und du sagst es Känga weiter, ja?«
Er verließ Kaninchen und ging eilig weiter zu Ferkel. Das Ferkel saß vor seiner Haustür auf der Erde, blies fröhlich in eine Pusteblume und fragte sich, ob es wohl in diesem

Jahr sein würde, im nächsten Jahr, irgendwann oder nie. Es hatte gerade entdeckt, dass es nie sein würde, und versuchte, sich zu erinnern, was »es« war, und hoffte, dass es nichts Schönes war, als Pu erschien.
»Ach, Ferkel«, sagte Pu aufgeregt, »wir gehen auf eine Expotition, wir alle, mit Sachen zum Essen. Um etwas zu entdecken.«
»Um *was* zu entdecken?«, fragte Ferkel besorgt.
»Ach, irgendwas!«
»Nichts Wildes?«
»Von ›wild‹ hat Christopher Robin nichts gesagt. Er sagte nur, es hätte ein ›x‹.«

»Ihre X-Beine machen mir nichts aus«, sagte Ferkel ernst, »sondern ihre Zähne. Aber wenn Christopher Robin mitkommt, macht mir nichts was aus.«
Nach kurzer Zeit waren alle oben im Wald versammelt und die Expotition fing an. Zuerst kamen Christopher Robin und Kaninchen, dann Ferkel und Pu; dann Känga mit Ruh in ihrem Beutel und Eule; dann I-Ah; dann, zum Schluss, Kaninchens sämtliche Bekannten-und-Verwandten.
»Ich habe sie nicht dazugebeten«, erklärte Kaninchen leichthin. »Sie sind einfach so gekommen. Das tun sie immer. Sie können am Schluss marschieren, hinter I-Ah.«

»Ich kann nur sagen«, sagte I-Ah, »dass dies beunruhigend ist. Ich wollte gar nicht mitkommen auf diese Expo – was Pu gesagt hat. Ich bin nur gekommen um gefällig zu sein. Aber jetzt bin ich da, und wenn ich das Ende der Expo – wovon wir gerade reden – sein soll, dann lasst mich auch das Ende *sein*. Aber wenn ich jedes Mal, wenn ich mich für eine kurze Verschnaufpause hinsetzen möchte, zuerst ein halbes Dutzend von Kaninchens kleineren Bekannten-und-Verwandten abbürsten muss, dann ist das in meinen Augen keine Expo – also das, was es ist – mehr, sondern ganz einfach heillose Verwirrung, noch dazu mit Lärm verbunden. Mehr kann *ich* dazu nicht sagen.«

»Ich verstehe, wasss I-Ah meint«, sagte Eule. »Wenn ihr mich fragt ...«

»Ich frage niemanden nach seiner Meinung«, sagte I-Ah, »ich sage lediglich jedem meine Meinung. Wir können den Nordpohl suchen oder wir können ›Ringel Ringel Rosen‹ auf einem Ameisenhaufen tanzen. Ist mir eins so lieb wie das andere.«

Von ganz vorne ertönte ein Ruf.

»Wird's bald?«, rief Christopher Robin.

»Wird's bald?«, riefen Pu und Ferkel.

»Wird'sss bald?«, rief Eule.

»Wir starten«, sagte Kaninchen. »Ich muss los.« Und es hoppelte eilig an die Spitze der Expotition zu Christopher Robin.

»Na schön«, sagte I-Ah. »Es geht los. Aber macht mir nachher keine Vorwürfe.«

Also gingen sie alle los um den Pohl zu entdecken. Und wie sie so gingen, schwatzten sie miteinander über dies und das, alle außer Pu, der gerade ein Lied dichtete.

»Dies ist die erste Strophe«, sagte er zu Ferkel, als er damit fertig war.
»Die erste Strophe wovon?«
»Von meinem Lied.«
»Von welchem Lied?«
»Von diesem.«
»Von welchem?«
»Wenn du zuhörst, Ferkel, wirst du es hören.«
»Wer sagt denn, dass ich nicht zuhöre?«
Darauf wusste Pu keine Antwort; also fing er an zu singen.

»Sie zogen aus den Pohl zu entdecken,
Eule und Ferkel und Kaninchen und alle;
›Einen Pohl muss man suchen und nicht verstecken‹,
Sagen Eule, Ferkel, Kaninchen und alle.
I-Ah, Christopher Robin und Pu,
Kaninchens Verwandte auch noch dazu ...
Gibt es den Pohl? Oder ist er nur Schmu?
Hurra! für Eule, Kaninchen und alle!«

»Pst!«, sagte Christopher Robin und drehte sich zu Pu um.
»Wir kommen gerade an eine gefährliche Stelle.«
»Pst!«, sagte Pu und drehte sich schnell zu Ferkel um.
»Pst!«, sagte Ferkel zu Känga.
»Pst!«, sagte Känga zu Eule, während Ruh mehrmals sehr leise »Pst!« zu sich selbst sagte.
»Pssssst!«, sagte Eule zu I-Ah.
»*Pst!*«, sagte I-Ah mit einer schrecklichen Stimme zu Kaninchens sämtlichen Bekannten-und-Verwandten, und »Pst!«, sagten sie der Reihe nach bis ganz hinten zuein-

ander, bis es den allerletzten erreicht hatte. Und der letzte und kleinste Bekannte-und-Verwandte war so erschüttert davon, dass die gesamte Expotition »Pst!« zu *ihm* sagte, dass er sich mit dem Kopf nach unten in einer Spalte im Boden vergrub und zwei Tage dort blieb, bis die Gefahr vorüber war, und dann in großer Eile nach Hause ging und mit seiner Tante ein stilles Leben führte, und wenn er nicht gestorben ist, dann lebt er heute noch. Er hieß Alexander Käfer.

Sie waren an einen Bach gekommen, der sich zwischen hohen, felsigen Ufern schlängelte und tummelte, und Christopher Robin sah sofort, wie gefährlich es war.

»Das ist genau der Ort«, erläuterte er, »für einen Hinterhalt.«

»Was für ein Wald?«, flüsterte Pu Ferkel zu. »Ein Ginsterwald?«

»Mein lieber Pu«, sagte Eule in ihrer überlegenen Art, »weißßßt du etwa nicht, wasss ein Hinterhalt issst?«

»Eule«, sagte Ferkel und sah sich ernst nach ihr um, »Pus

Geflüster war ein streng vertrauliches Geflüster und es bestand kein Grund ...«

»Ein Hinterhalt«, sagte Eule, »issst eine Art Überraschung.«

»Das ist ein Stechginsterwald auch manchmal«, sagte Pu.

»Ein Hinterhalt, wie ich Pu gerade erklären wollte«, sagte Ferkel, »ist eine Art Überraschung.«

»Wenn sich plötzzzlich Leute auf einen stürzzzen – dasss issst ein Hinterhalt«, sagte Eule.

»Ein Hinterhalt ist es, Pu, wenn sich plötzlich Leute auf dich stürzen«, erklärte Ferkel.

Pu, der jetzt wusste, was ein Hinterhalt war, sagte, ein Stechginsterbusch habe sich eines Tages ganz plötzlich auf ihn gestürzt, als er von einem Baum gefallen sei, und er habe sechs Tage gebraucht, bis er alle Stacheln aus sich herausgezogen hatte.

»Wir *sprechen* aber gar nicht über Stechginsssster«, sagte Eule etwas übellaunig.

»Ich aber«, sagte Pu.

Sie stiegen nun sehr vorsichtig bachaufwärts weiter, von Felsen zu Felsen, und nachdem sie ein kleines Stück Weges zurückgelegt hatten, kamen sie an eine Stelle, auf der die Uferstreifen zu beiden Seiten breiter wurden, und etwas Gras gab es dort auch, sodass sie sich setzen und ausruhen konnten. Sobald sie diese Stelle sahen, rief Christopher Robin: »Halt!«, und alle setzten sich und verschnauften.

»Ich glaube«, sagte Christopher Robin, »wir sollten jetzt unseren gesamten Proviant aufessen, damit wir nicht so viel zu tragen haben.«

»Unseren gesamten was aufessen?«, fragte Pu.

»Alles, was wir mitgebracht haben«, sagte Ferkel und machte sich an die Arbeit.
»Das ist eine gute Idee«, sagte Pu und machte sich ebenfalls an die Arbeit.
»Habt ihr alle etwas?«, fragte Christopher Robin mit vollem Mund.
»Alle außer mir«, sagte I-Ah. »Wie üblich.« Er sah sich verbittert nach ihnen um. »Ich vermute, keiner von euch sitzt zufällig auf einer Distel?«
»Ich glaube, ich«, sagte Pu. »Au!« Er stand auf und blickte hinter sich. »Ja, ich habe auf einer Distel gesessen. Hatte ich's mir doch gedacht.«

»Danke, Pu. Wenn du sie nicht mehr brauchst ...« I-Ah ging dorthin, wo Pu gesessen hatte, und begann seine Mahlzeit.
»Davon werden sie nämlich nicht besser, wenn man auf ihnen sitzt«, fuhr er fort, als er kauend den Kopf hob. »Das nimmt ihnen die ganze Frische. Denkt nächstes Mal daran, ihr alle. Ein bisschen Rücksicht, auch mal ein bisschen an andere denken – und gleich sieht alles ganz anders aus.«

Sobald er mit seinem Mittagessen fertig war, flüsterte Christopher Robin Kaninchen etwas zu und Kaninchen sagte: »Ja, ja, natürlich«, und die beiden gingen zusammen ein kleines Stück den Bach hinauf.

»Ich wollte nicht, dass die anderen es hören«, sagte Christopher Robin.

»Völlig klar«, sagte Kaninchen und sah wichtig aus.

»Es ist nur ... Ich habe mich gefragt ... Es geht nur darum, dass ... Kaninchen, ich glaube, *du* weißt es auch nicht. *Wie* sieht der Nordpohl aus?«

»Tja«, sagte Kaninchen und strich sich den Schnurrbart, »das fragst du mich *jetzt*.«

»Ich wusste es mal, ich habe es nur irgendwie vergessen«, sagte Christopher Robin leichthin.

»Das ist merkwürdig«, sagte Kaninchen, »aber ich habe es auch vergessen, obwohl ich es mal gewusst *habe*.«

»Ich nehme an, er ist einfach ein Pfahl oder Pohl oder so, der irgendwie im Boden steckt, oder?«

»Bestimmt ist er ein Pfahl«, sagte Kaninchen, »sonst würde man ihn ja nicht einen Pohl nennen, und wenn er ein Pohl ist, dann würde ich doch annehmen, dass er im Boden steckt, meinst du nicht auch, denn wo soll man ihn sonst reinstecken.«

»Ja, das habe ich mir auch gedacht.«

»Das Einzige, was wir jetzt noch wissen müssen«, sagte Kaninchen, »ist Folgendes: *Wo steckt er?*«

»Das suchen wir ja gerade«, sagte Christopher Robin.

Sie gingen zurück zu den anderen. Ferkel lag auf dem Rücken und schlief friedlich. Ruh wusch sich Gesicht und Pfoten im Bach, während Känga jedem stolz erklärte, dass Ruh sich heute zum ersten Mal selbst das Ge-

sicht wusch, und Eule erzählte Känga eine interessante Anekdote voll langer Wörter wie Enzyklopädie und Rhododendron, welcher Känga nicht zuhörte.
»Ich halte nichts von dieser ganzen Wascherei«, murrte I-Ah. »Dieser moderne Hinter-den-Ohren-Unsinn. Was meinst *du*, Pu?«
»Tja«, sagte Pu, »*ich* meine ...«
Aber wir werden nie erfahren, was Pu meinte, denn nacheinander kamen ein plötzliches Quieken und ein Platschen von Ruh und ein lauter Alarmschrei von Känga.
»So viel zum Thema *Waschen*«, sagte I-Ah.
»Ruh ist ins Wasser gefallen!«, schrie Kaninchen und kam zusammen mit Christopher Robin zur Rettung angerannt.

»Seht mal, wie ich schwimme!«, quiekte Ruh mitten in seinem kleinen Teich und wurde einen Wasserfall hinunter und in den nächsten Teich gerissen.
»Geht es dir gut, Ruh, mein Liebling?«, rief Känga ängstlich.
»Ja!«, sagte Ruh. »Seht mal, wie ich schw...« Und mit dem nächsten Wasserfall ging es hinunter in den nächsten kleinen Teich.
Jeder unternahm etwas um zu helfen. Ferkel, plötzlich hellwach, hüpfte auf und ab und machte Geräusche, die sich wie »Oha aber auch« anhörten; Eule erklärte, dass es in einem Fall unvermittelten und vorübergehenden Eintauchens ins Wasser von größter Wichtigkeit sei, den Kopf über demselben zu halten; Känga sprang am Bach entlang und sagte: »Bist du *sicher*, dass es dir gut geht, Ruh, mein Liebling?«, worauf Ruh, aus dem kleinen Teich, in dem es gerade war, antwortete: »Seht mal, wie ich schwimme!« I-Ah hatte sich umgedreht und seinen Schwanz in den ersten Teich gehängt, in den, in welchen Ruh gefallen war, und mit dem Rücken zum Schauplatz des Unfalls grummelte er leise vor sich hin: »Immer diese Wascherei; aber halt dich einfach an meinem Schwanz fest, Klein Ruh, dann kann dir gar nichts passieren«, und Christopher Robin und Kaninchen stürmten an I-Ah vorbei und riefen den anderen vor ihnen Nützliches zu.
»Schon gut, Ruh, ich komme«, rief Christopher Robin.
»Legt weiter unten irgendwas Langes über den Bach, ihr Burschen«, rief Kaninchen.
Aber Pu holte bereits etwas. Zwei Teiche unter Ruh stand er mit einem langen Pfahl in den Pfoten, und Känga nahm am anderen Ufer das andere Ende, und sie hielten

den Pfahl zwischen sich über den unteren Teil des Teiches, und Ruh, das immer noch stolz »Seht mal, wie ich schwimmen kann« blubberte, trieb gegen den Pfahl und kletterte aus dem Wasser.

»Habt ihr gesehen, wie ich geschwommen bin?«, quiekte Ruh aufgeregt, während es von Känga ausgeschimpft und abgetrocknet wurde. »Pu, hast du gesehen, wie ich geschwommen bin? Das nennt man nämlich Schwimmen, was ich gerade getan habe. Kaninchen, hast du gesehen, was ich gemacht habe? Ich bin geschwommen. Hallo, Ferkel! Ferkel, hörst du mich? Rate mal, was ich gerade getan habe! Geschwommen bin ich! Christopher Robin, hast du gesehen, wie ich ...«

Aber Christopher Robin hörte nicht zu. Er sah Pu an.

»Pu«, sagte er, »wo hast du diesen Pfahl gefunden?«

Pu betrachtete den Pfahl in seinen Händen.

»Ich habe ihn gerade gefunden«, sagte er. »Ich dachte, er könnte vielleicht nützlich sein. Ich habe ihn einfach aufgehoben.«

»Pu«, sagte Christopher Robin feierlich, »die Expedition ist vorbei. Du hast den Nordpohl gefunden!«

»Ach!«, sagte Pu.

I-Ah saß am Ufer und hielt den Schwanz ins Wasser, als alle zu ihm zurückkehrten. »Kann jemand mal Ruh sagen, dass es sich beeilen soll«, sagte er. »Mein Schwanz wird kalt. Ich will es ja gar nicht erwähnen, aber ich erwähne es nur. Ich will mich nicht beklagen, aber so ist es nun mal. Mein Schwanz wird kalt.«

»Hier bin ich!«, quiekte Ruh.

»Ach, da bist du ja.«

»Hast du gesehen, wie ich geschwommen bin?«

I-Ah zog den Schwanz aus dem Wasser und schwenkte ihn von links nach rechts.

»Wie ich erwartet hatte«, sagte er. »Kein Gefühl mehr drin. Völlig abgestorben. Genau das ist nämlich passiert. Abgestorben. Na ja, solange das niemanden stört, ist es wohl auch nicht weiter schlimm.«

»Armer alter I-Ah! Ich trockne ihn dir ab«, sagte Christopher Robin, nahm sein Taschentuch und rubbelte ihn ab.

»Danke, Christopher Robin. Du bist der Einzige, der etwas von Schwänzen zu verstehen scheint. Die anderen denken nicht; so sieht es nämlich bei manchen aus. Sie haben keine Phantasie. Für *sie* ist ein Schwanz kein Schwanz, sondern nur eine kleine Zugabe hinten am Rücken.«

»Lass sie doch, I-Ah«, sagte Christopher Robin und rubbelte, so stark er konnte. »Ist *das* besser?«

»Es fühlt sich vielleicht mehr wie ein Schwanz an. Es gehört wieder dazu, falls du weißt, was ich meine.«

»Hallo, I-Ah«, sagte Pu, der mit seinem Pfahl zu ihnen kam.

»Hallo, Pu. Danke der Nachfrage, aber in ein bis zwei Tagen werde ich ihn wieder benutzen können.«

»Was benutzen?«
»Das, worüber wir gerade reden.«
»Ich habe über gar nichts geredet«, sagte Pu und sah verdutzt aus.

»Wieder mein Fehler. Ich dachte, du hättest gesagt, wie Leid dir die Sache mit meinem Schwanz tut, dass er völlig abgestorben ist, und ob du vielleicht irgendwie behilflich sein könntest.«

»Nein«, sagte Pu. »Das war ich nicht«, sagte er. Er dachte ein bisschen nach und schlug dann hilfsbereit vor: »Vielleicht war es jemand anderes.«

»Na, dann richte ihm einen schönen Dank von mir aus, wenn du ihn siehst.«

Pu sah Christopher Robin besorgt an.

»Pu hat den Nordpohl gefunden«, sagte Christopher Robin. »Ist das nicht wunderschön?«

Pu sah bescheiden zu Boden.

»Ist er das?«, sagte I-Ah.

»Ja«, sagte Christopher Robin.

»Das, was wir gesucht haben?«

»Ja«, sagte Pu.

»Ach!«, sagte I-Ah. »Na ... Jedenfalls hat es nicht geregnet«, sagte er.

Sie steckten den Pfahl in den Boden und Christopher Robin befestigte eine Botschaft daran:

          NOTPOHL
       ENDTEGT VOHN
              PU
          PU had in
          gefuhnden

Dann gingen sie alle wieder nach Hause. Und ich glaube, aber ich weiß es nicht genau, dass Ruh ein heißes Bad genommen hat und dann sofort ins Bett gegangen ist. Aber Pu ging in sein eigenes Haus, und da er sehr stolz war auf das, was er getan hatte, nahm er noch eine Kleinigkeit zu sich um wieder zu Kräften zu kommen.

Neuntes Kapitel
In welchem Ferkel völlig von Wasser umgeben ist

Es regnete und regnete. Ferkel sagte sich, dass es in seinem ganzen Leben noch nie – und es, Ferkel, war nun wirklich weiß Gott wie alt – drei, oder? Oder vier? – so viel Regen gesehen hatte. Tage-, tage-, tagelang.

Wenn ich doch, dachte es, als es aus dem Fenster blickte, in Pus Wohnung gewesen wäre oder in Christopher Robins Wohnung oder in Kaninchens Wohnung, als es anfing zu regnen, dann hätte ich die ganze Zeit Gesellschaft gehabt, anstatt hier ganz allein zu sein und nichts zu tun zu haben als mich zu fragen, wann es wieder aufhört. Und es stellte sich selbst zusammen mit Pu vor, wie es sagte: »Hast du jemals einen solchen Regen gesehen, Pu?«, und wie Pu sagte: »Ist es nicht *grässlich*, Ferkel?«, und wie Ferkel sagte: »Wie es wohl bei Christopher Robin aussieht?«, und wie Pu sagte: »Ich möchte annehmen, dass das arme, alte Kaninchen inzwischen völlig überflutet ist.« Es wäre richtig schön gewesen, so reden zu können, und es hatte ja auch wirklich nicht viel Sinn, etwas so Aufregendes wie eine Überschwemmung zu erleben, wenn man es mit niemandem teilen konnte.

Denn es war ziemlich aufregend. Die kleinen trockenen Gräben, in denen Ferkel so oft herumgeschnüffelt hatte, waren zu Bächen geworden; die kleinen Bäche, in denen es geplantscht hatte, waren jetzt Flüsse; und der Fluss, an dessen steilen Ufern sie so froh gespielt hatten, hatte flegelhaft sein Bett verlassen und beanspruchte überall so viel Platz, dass Ferkel sich allmählich fragte, ob er wohl bald auch in *sein*, Ferkels, Bett kommen würde.

»Es ist ein bisschen beängstigend«, sagte es sich, »ein sehr kleines Tier zu sein, das völlig von Wasser umgeben ist. Christopher Robin und Pu könnten entkommen, indem sie auf Bäume klettern, und Känga könnte entkommen, indem sie springt, und Kaninchen könnte durch Buddeln entkommen, und Eule könnte durch Fliegen entkommen, und I-Ah könnte dadurch entkommen, dass er ... dass er lauten Lärm macht, bis er gerettet wird, und hier bin ich, von Wasser umgeben, und ich kann *gar nichts* tun.«

Es regnete weiter, und jeden Tag stieg das Wasser ein bisschen, und jetzt hatte es schon fast Ferkels Fenster erreicht, und Ferkel hatte immer noch nichts unternommen.

Zum Beispiel Pu, dachte es. Pu hat nicht viel Verstand, aber ihm stößt nie etwas zu. Er tut das Falsche und das stellt sich dann als das Richtige heraus. Oder Eule. Eule hat zwar nicht gerade Verstand, aber sie weiß Sachen. Sie wüsste, was man tun müsste, wenn man von Wasser umgeben ist. Oder Kaninchen. Kaninchen hat nichts aus Büchern gelernt, aber es kann sich immer einen schlauen Plan ausdenken. Oder Känga. Sie ist nicht schlau, Känga schon gar nicht, aber sie würde sich solche Sorgen um Ruh machen, dass sie wüsste, was man tun muss. Und dann gibt es noch I-Ah. Und I-Ah geht es sowieso so lausig, dass ihm dies auch nichts mehr ausmachen würde. Aber ich wüsste gern, was Christopher Robin jetzt täte.

Dann fiel ihm plötzlich eine Geschichte ein, die ihm Chris-

topher Robin über einen Mann erzählt hatte, der auf einer einsamen Insel war und etwas in eine Flasche geschrieben und die Flasche ins Meer geworfen hatte; und Ferkel dachte, wenn es etwas in eine Flasche schriebe und sie ins Wasser würfe, käme vielleicht einer und würde *es* retten!

Ferkel verließ das Fenster und begann seine Wohnung abzusuchen, soweit sie noch nicht unter Wasser stand, und schließlich fand es einen Bleistift und ein kleines Stück trockenes Papier und eine Flasche mit einem Korken, der auf die Flasche passte. Und auf die eine Seite des Zettels schrieb es:

HILFE!
PFERKL (ICH)

und auf die andere Seite:

ICH BINS PFERKL, HILFE HILFE!

Dann steckte es den Zettel in die Flasche und verkorkte die Flasche, so fest es konnte, und beugte sich aus dem Fenster, so weit es konnte ohne ins Wasser zu fallen, und warf die Flasche, so weit es konnte – *platsch!* –, und nach

kurzer Zeit tauchte sie wieder auf, und es beobachtete, wie sie langsam in die Ferne davontrieb, bis seine Augen vom Beobachten schmerzten, und manchmal glaubte Ferkel, es sei die Flasche, und manchmal glaubte es, es sei nur eine kleine Welle, der es mit seinen Blicken folgte,

und dann wusste es plötzlich, dass es die Flasche nie wieder sehen würde und dass es alles getan hatte, was in seiner Macht stand, um sich zu retten.
Also jetzt, dachte es, muss ein anderer etwas unternehmen, und ich hoffe, er tut es schnell, denn wenn er das nicht tut, muss ich schwimmen, und das kann ich nicht, und deshalb hoffe ich, er tut es bald. Und dann seufzte es sehr lange und sagte: »Wenn doch Pu nur hier wäre. Zu zweit ist es viel angenehmer.«

Als es anfing zu regnen, schlief Pu. Es regnete und regnete und regnete, und er schlief und schlief und schlief. Er hatte einen sehr anstrengenden Tag gehabt. Du weißt ja noch, wie er den Nordpohl entdeckt hatte; ja, und darauf war er so stolz gewesen, dass er Christopher Robin gefragt hatte, ob es noch weitere Pohle gab, die zum Beispiel ein Bär von sehr wenig Verstand entdecken konnte.
»Es gibt einen Südpohl«, sagte Christopher Robin, »und ich nehme an, dass es auch einen Ostpohl und einen Westpohl gibt, obwohl man allgemein nicht gern über sie spricht.«
Pu war sehr aufgeregt, als er das hörte, und schlug eine Expotition zur Entdeckung des Ostpohls vor, aber Christopher Robin hatte mit Känga schon etwas anderes vor; also ging Pu alleine los um den Ostpohl auf eigene Faust zu entdecken. Ob er ihn entdeckt hat oder nicht, habe ich vergessen; aber er war so müde, als er nach Hause kam, dass er, mitten beim Abendessen, als er kaum länger als eine halbe Stunde gegessen hatte, auf seinem Stuhl einschlief und schlief und schlief und schlief.

Dann, plötzlich, träumte er. Er war am Ostpohl, und es war ein sehr kalter Pohl, über und über mit der kältesten Sorte Schnee und Eis bedeckt. Er hatte einen Bienenkorb gefunden, in dem er schlafen konnte, aber in dem Bienenkorb war nicht genug Platz für seine Beine, und er hatte sie draußen gelassen. Und wilde Wuschel, wie sie am Ostpohl hausen, kamen und knabberten und knabberten den ganzen Pelz von seinen Beinen ab um Nester für ihre Jungen zu bauen. Und je mehr sie knabberten, desto kälter wurden seine Beine, bis er plötzlich mit einem »Au!« aufwachte, und da war er, und er saß auf seinem Stuhl, und seine Füße steckten im Wasser, und überall rings um ihn her war Wasser! Er plantschte zu seiner Tür und sah hinaus ...

»Dies ist ernst«, sagte Pu. »Ich muss entkommen.«

Also nahm er seinen größten Topf Honig und entkam mit ihm auf einen dicken Ast seines Baumes, schön weit über dem Wasser, und dann kletterte er wieder hinunter und entkam mit einem zweiten Topf, und als er vollständig entkommen war, saß Pu auf seinem Ast, baumelte mit

den Beinen, und dort, neben ihm, standen zehn Töpfe Honig ...

Zwei Tage später saß Pu auf seinem Ast, baumelte mit den Beinen, und dort, neben ihm, standen vier Töpfe Honig ...

Drei Tage später saß Pu auf seinem Ast, baumelte mit den Beinen, und dort, neben ihm, stand ein Topf Honig ...

Vier Tage später saß Pu auf seinem Ast ...

Und am Morgen des vierten Tages geschah es, dass Ferkels Flasche vorbeigetrieben kam, und mit einem lauten Schrei – »Honig!« – ließ sich Pu ins Wasser plumpsen, ergriff die Flasche und quälte sich wieder auf seinen Baum zurück.

»So ein Mist!«, sagte Pu, als er sie öffnete. »So nass für nichts und wieder nichts. Was soll denn dieser Zettel?«

Er nahm ihn heraus und betrachtete ihn.

»Es ist eine Botschaft«, sagte er sich, »das ist es nämlich. Und dieser Buchstabe ist ein ›P‹, und der auch, und ›P‹ heißt ›Pu‹, also ist es eine sehr wichtige Botschaft für mich, und ich kann sie nicht lesen. Ich muss Christopher Robin oder Eule oder Ferkel finden, einen dieser schlauen Leser, die Sachen lesen können, und sie werden mir sagen, was diese Botschaft bedeutet. Ich kann nur leider nicht schwimmen. So ein Mist!«

Dann hatte er eine Idee und ich finde, dass sie für einen Bären von sehr wenig Verstand eine gute Idee war. Er sagte sich: »Wenn die Flasche schwimmen kann, dann kann ein Topf auch schwimmen, und wenn ein Topf schwimmt, kann ich mich auf den Topf setzen, wenn der Topf sehr groß ist.«

Also nahm er den größten Topf und verschloss ihn sorgfältig. »Alle Schiffe müssen einen Namen haben«, sagte er, »deshalb werde ich meins *Der Schwimmende Bär* nennen.« Und mit diesen Worten ließ er sein Schiff ins Wasser fallen und sprang hinterher.

Zuerst waren Pu und *Der Schwimmende Bär* sich nicht einig, welcher von beiden oben hingehörte, aber nachdem sie eine bis zwei verschiedene Stellungen ausprobiert

hatten, einigten sie sich darauf, dass *Der Schwimmende Bär* unten blieb und der siegreiche Pu stolz im Herrensitz oben, wobei er eifrig mit den Füßen paddelte.

Christopher wohnte ganz oben im Wald. Es regnete und regnete und regnete, aber das Wasser konnte nicht bis zu *seinem* Haus steigen. Es war eigentlich ganz hübsch, hinunter in die Täler zu schauen und ringsum das Wasser zu sehen, aber es regnete so heftig, dass er meistens zu Hause blieb und über Sachen nachdachte. Jeden Morgen ging er mit seinem Schirm vor die Tür und steckte dort, wo das Wasser schon angekommen war, ein Stöckchen in die Erde, und jeden nächsten Morgen ging er wieder vor die Tür und konnte das Stöckchen nicht mehr sehen, deshalb steckte er dort, wo das Wasser inzwischen angekommen war, ein neues Stöckchen in die Erde, und dann ging er wieder nach Hause, und jeden Morgen hatte er einen kürzeren Nachhauseweg als am Morgen zuvor.

Am Morgen des fünften Tages sah er, dass er ringsum von Wasser umgeben war, und da wusste er, dass er auf einer richtigen Insel wohnte. Was sehr aufregend war.

An diesem Morgen geschah es, dass Eule über das Wasser geflogen kam um »Wie geht esss dir?« zu ihrem Freund Christopher Robin zu sagen.

»Sag mal, Eule«, sagte Christopher Robin, »macht das nicht Spaß? Ich bin auf einer Insel!«

»Die atmosssphärischen Konditzzzionen waren in letzzzter Zzzeit sehr ungünssstig«, sagte Eule.

»Die was?«

»Esss hat geregnet«, erläuterte Eule.

»Ja«, sagte Christopher Robin. »Es hat geregnet.«

»Der Pegelstand issst unverhältnisssmäßßßig hoch.«

»Der wer?«

»Esss issst überall viel Wasssssser«, erläuterte Eule.

»Ja«, sagte Christopher Robin, »viel Wasser.«

»Ich wage jedoch eine günsssstigere Prognose zzzu stellen. Esss kann jetzzzt jederzzzeit ...«

»Hast du Pu gesehen?«

»Nein. Esss kann jetzzzt jederzzzeit ...«

»Ich hoffe, es geht ihm gut«, sagte Christopher Robin. »Ich habe mir schon Sorgen um ihn gemacht. Ich nehme an, er ist mit Ferkel zusammen. Glaubst du, es geht ihnen gut, Eule?«

»Ich nehme esss an. Esss kann jetzzzt jederzzzeit ...«

»Flieg doch mal hin und sieh nach, Eule. Weil Pu nicht sehr viel Verstand hat und etwas Dummes anstellen könnte und ich ihn doch so liebe, Eule. Verstehst du, Eule?«

»Allesss klar«, sagte Eule. »Ich fliege. Bin gleich wieder zzzurück.« Und sie flog davon.

Bald war sie wieder da.

»Pu issst nicht da«, sagte sie.

»Nicht da?«
»Er *war* da. Er hat mit neun Töpfen Honig vor seiner Wohnung auf einem Assst gesessssssen. Aber jetzzzt issst er nicht mehr da.«
»Ach, Pu!«, schrie Christopher Robin. »Wo bist du?«
»Hier bin ich«, sagte eine brummige Stimme hinter ihm. »Pu?«
Sie fielen einander in die Arme.
»Wie bist du hierher gekommen, Pu?«, fragte Christopher Robin, als er wieder sprechen konnte.
»Auf meinem Schiff«, sagte Pu stolz. »Mir war eine sehr wichtige Botschaft in einer Flasche zugeschickt worden, und da ich sie nicht lesen konnte, weil mir etwas Wasser in die Augen geraten war, habe ich sie dir mitgebracht. Auf meinem Schiff.« Mit diesen stolzen Worten überreichte er Christopher Robin die Botschaft.
»Aber die ist ja von Ferkel!«, schrie Christopher Robin, als er sie gelesen hatte.
»Steht da gar nichts über Pu drin?«, fragte der Bär, der ihm über die Schulter sah.
Christopher Robin las die Botschaft laut vor.
»Ach, diese ›Ps‹ gehören zu Ferkel? Ich dachte, es wären lauter Pus.«
»Wir müssen es sofort retten! Ich dachte, es wäre mit *dir* zusammen, Pu. Eule, könntest du auf deinem Rücken Ferkel retten?«
»Ich glaube nicht«, sagte Eule, nachdem sie angestrengt nachgedacht hatte. »Esss issst mehr alsss zzzweifelhaft, ob ich die notwendige Rückenmusssskulatur ...«
»Würdest du dann *sofort* zu Ferkel fliegen und ihm sagen, dass Rettung unterwegs ist? Und Pu und ich werden über

eine Rettung nachdenken und – so schnell wir können – kommen. Nicht *sprechen*, Eule, beeil dich!«
Und Eule, die immer noch über eine Antwort nachdachte, flog davon.
»Also, Pu«, sagte Christopher Robin, »wo ist nun dein Schiff?«
»Ich sollte vielleicht sagen«, erläuterte Pu, als sie zur Küste der Insel hinuntergingen, »dass es kein ganz gewöhnliches Schiff ist. Manchmal ist es ein Schiff und manchmal eher ein Unfall. Kommt immer drauf an.«
»Worauf?«
»Darauf, ob ich darauf bin oder darunter.«
»Oh! Und wo ist es?«

»Da!«, sagte Pu und zeigte stolz auf *Der Schwimmende Bär*.
Es war nicht das, was Christopher Robin erwartet hatte, und je mehr er das Schiff ansah, desto mehr dachte er, was für ein tapferer und schlauer Bär Pu doch war, und je mehr Christopher Robin dies dachte, desto mehr kuckte Pu an seiner Nase entlang zu Boden und versuchte so zu tun, als wäre er gar nicht tapfer und schlau.
»Aber für zwei von uns ist es zu klein«, sagte Christopher Robin traurig.

»Drei von uns mit Ferkel.«

»Das macht es noch kleiner. Ach, Pu Bär, was sollen wir nur tun?«

Und dann sagte dieser Bär, Pu Bär, Winnie-der-Pu, F. v. F. (Freund von Ferkel), K. G. (Kaninchens Genosse), P. E. (Pohl-Entdecker), I. A. T. und Sch. F. (I-Ahs Tröster und Schwanz-Finder) – nämlich er selbst, Pu – sagte etwas so Schlaues, dass Christopher Robin ihn nur mit offenem Mund anstarren konnte und sich fragte, ob dies wirklich der Bär von so wenig Verstand war, den er schon so lange kannte und liebte.

»Wir könnten vielleicht in deinem Schirm hinfahren«, sagte Pu.

»?«

»Wir könnten vielleicht in deinem Schirm hinfahren«, sagte Pu.

»??«

»Wir könnten vielleicht in deinem Schirm hinfahren«, sagte Pu.

»!!!!!«

Denn plötzlich sah Christopher Robin, dass sie das tatsächlich vielleicht könnten. Er öffnete seinen Schirm und legte ihn mit der Spitze nach unten aufs Wasser. Er ging nicht unter, aber er schwankte. Pu stieg ein. Er wollte gerade sagen, jetzt sei alles in Ordnung, als er merkte, dass das gar nicht stimmte, und so watete er nach einem Schluck Wasser, den er eigentlich nicht gewollt hatte, zurück zu Christopher Robin. Dann stiegen sie beide zusammen ein und nun schwankte der Schirm nicht mehr.

»Ich werde dieses Schiff *Pus Verstand* nennen«, sagte Christopher Robin, und *Pus Verstand* setzte unverzüglich Segel in südwestlicher Richtung und drehte sich dabei anmutig um sich selbst.

Du kannst dir Ferkels Freude vorstellen, als endlich das Schiff in Sicht kam. In späteren Jahren dachte Ferkel gern, es habe zwar durchaus während der schrecklichen Überschwemmung in sehr großer Gefahr geschwebt, aber die einzige echte Gefahr, in der es sich befunden habe, habe während der letzten halben Stunde seiner Gefangenschaft bestanden, als Eule, die gerade herbeigeflogen sei, auf einem Ast des Baumes gesessen habe, um es zu trösten, und ihm eine sehr lange Geschichte über eine Tante erzählt habe, die aus Versehen ein Möwenei gelegt habe, und die Geschichte ging immer weiter, so ähnlich wie dieser Satz, bis Ferkel, welches ohne viel Hoffnung am Fenster gesessen und zugehört habe, still und auf ganz natürliche Weise eingeschlafen sei, wobei es langsam aus dem Fenster dem Wasser entgegengerutscht sei, bis es nur noch an den Zehen gehangen habe, in welchem Augenblick, glücklicherweise, ein lauter, heiserer Schrei von Eule, der in Wirklichkeit zu Eules Geschichte gehört und das wiedergegeben habe, was Eules Tante gesagt habe, Ferkel geweckt und ihm gerade eben genug Zeit gegeben habe sich mit einem Ruck in Sicherheit zu bringen und »Wie interessant und *war* es nun ihr Ei?« zu sagen, als – na, du kannst dir Ferkels Freude vorstellen, als es endlich das stolze Schiff *Pus Verstand* sah (*Kapitän:* C. Robin; *1. Steuermann:* P. Bär), welches von weit her übers Meer gekommen war um es zu retten ...

Und da dies wirklich das Ende der Geschichte ist und ich nach dem letzten Satz sehr müde bin, werde ich, glaube ich, hier aufhören.

Zehntes Kapitel
In welchem Christopher Robin
zu einer Pu-Party einlädt und wir
uns verabschieden

Eines Tages war die Sonne zurückgekommen und stand wieder über dem Wald, und sie hatte den Duft des Monats Mai mitgebracht, und alle Bäche des Waldes blinkten und plapperten froh und bemühten sich, ihre alte schöne Form und Gestalt wiederzugewinnen, und die kleinen Tümpel lagen da und träumten vom Leben, das sie gesehen, und den großen Dingen, die sie vollbracht hatten, und in der Wärme und Stille des Waldes probierte der Kuckuck vorsichtig seine Stimme aus und lauschte um zu erfahren, ob er sie mochte, und Waldtauben beklagten sich untereinander milde auf ihre träge, bequeme Art: *Ihre* Schuld sei es nicht gewesen, dass es so gekommen sei, wie es gekommen sei, aber das sei ja auch nicht weiter schlimm; an so einem Tag pfiff Christopher Robin diesen speziellen Pfiff, den er beherrschte, und Eule kam aus dem Hundertsechzig-Morgen-Wald herausgeflogen um zu erfahren, was von ihr verlangt wurde.

»Eule«, sagte Christopher Robin, »ich werde eine Party veranstalten.«

»Eine Party wirssst du veranstalten?«, sagte Eule.

»Und es soll eine ganz spezielle Party werden, denn sie wird deshalb stattfinden, weil Pu das getan hat, als er das

getan hat, was er getan hat um Ferkel vor der Überschwemmung zu retten.«

»Ach, dessshalb wirssst du sie veranstalten?«, sagte Eule.

»Ja, sage also Pu bitte so schnell wie möglich Bescheid und allen anderen, weil es nämlich morgen stattfinden wird.«

»Ach, morgen wird esss stattfinden?«, fragte Eule immer noch so hilfsbereit wie nur irgend möglich.

»Würdest du nun also vielleicht losfliegen und Bescheid sagen?«

Eule dachte über einen möglichst klugen Spruch nach, aber da ihr keiner einfiel, flog sie los um den anderen Bescheid zu sagen. Und der Erste, dem sie Bescheid sagte, war Pu.

»Pu«, sagte sie. »Christopher Robin veranstaltet eine Party.«

»Oh!«, sagte Pu. Und weil er dann sah, dass Eule mehr von ihm erwartete, sagte er: »Gibt es da auch diese kleinen Kuchendinger mit rosa Zuckerguss?«

Eule fand, dass es weit unter ihrer Würde lag, über kleine Kuchendinger mit rosa Zuckerguss zu sprechen, und deshalb richtete sie Pu ganz genau aus, was Christopher Robin gesagt hatte, und flog weiter zu I-Ah.

Eine Party für mich?, dachte Pu. Wie toll! Und er begann sich zu fragen, ob all die anderen Tiere wussten, dass es eine spezielle Pu-Party war, und ob Christopher Robin ihnen von *Der Schwimmende Bär* und *Pus Verstand* und all den wunderbaren Schiffen, die er erfunden und mit denen er die Meere bereist hatte, erzählt haben mochte, und er begann darüber nachzudenken, wie grauenhaft es wäre, wenn jeder es vergessen hätte und niemand so recht wüsste, weshalb die Party eigentlich gefeiert würde, und je mehr er so dachte, desto wirrer wurde die Party in seinem Geiste, wie ein Traum, wenn nichts so richtig klappt. Und der Traum begann in seinem Kopf von allein zu singen, bis er eine Art Lied wurde. Es war ein

BESORGTES PU-LIED

»Ein 3fach Hoch auf Pu!
(Auf wen, warum, wozu?)
Auf Pu –;
(Links Beifall; rechts ein ›Buh!‹)
Das wusstest du doch, du.
Er hat seinen Freund vorm Nasswerden gerettet!
3 Hoch auf Bär!
(Auf wer?)
Auf Bär –;
Schwimmen konnte er nicht.
Doch gerettet hat er den Wicht!
(Gerettet hast ihn du?)
Hört zu!
Ich spreche von Pu ...
(Nur zu!)
Von Pu!
(Mein Gedächtnis ist etwas schlicht.)
Also, Pu war ein Bär von enormem Verstand ...
(›Da capo!‹ ›Bitte Ruhe!‹ ›Allerhand, allerhand!‹)
Von enormem Verstand ...
(Von enormem was?)

Er aß nicht; er fraß,
Und ob er im Wasser schwamm oder saß –:
Er trieb vor sich hin und das machte ihm Spaß
Auf einer Art Floß ...
(Auf einer Art was?)
Auf einer Art Fass.
Also bitte 3 Hipp, hipp, Hurras
(Also bitte drei herzhafte Sowiesos),
Und hoffen wir, dass er noch jahre- und jahrelang unter uns weilt,
Und noch gesünder und noch klüger und noch
Reicher wird und immer richtig die Lage peilt.
Für Pu 3 Hurras!
(Für was?)
3 Hurras für Bär!
(Für wer?)
Für Bär ...
3 Hurras für den wunderbaren Winnie-der-Pu!
(Kann mir jemand mal sagen, WESHALB UND WOZU?)«

Während dies in Pu vorging, sprach Eule mit I-Ah.
»I-Ah«, sagte Eule, »Chrissstopher Robin veranstaltet eine Party.«
»Sehr interessant«, sagte I-Ah. »Ich vermute, sie werden mir die Reste schicken, auf denen schon mal jemand herumgetrampelt hat. Sehr freundlich und sehr einfühlsam. Nichts zu danken, bitte bitte, schon gut.«
»Esss exxxissstiert eine Einladung für dich.«
»Und wie sieht sie aus?«
»Eine Einladung!«

»Ja, ich habe dich gehört. Wer hat sie fallen gelassen?«
»Esss handelt sich nicht um etwasss Essssssbaresss, sondern du wirssst auf eine Party gebeten. Morgen.«
I-Ah schüttelte langsam den Kopf.
»Du meinst Ferkel. Der kleine Bursche mit den aufgeregten Ohren. Das ist Ferkel. Ich werde es ihm sagen.«
»Nein, nein!«, sagte Eule, die allmählich etwas eigen wurde. »Esss geht um dich!«
»Bist du sicher?«
»Natürlich bin ich sicher. Chrissstopher Robin hat gesagt: ›Sag *allen* anderen Bescheid.‹«
»Allen anderen, nur I-Ah nicht?«
»Allen«, sagte Eule beleidigt.
»Ah!«, sagte I-Ah. »Ein Irrtum, zweifelsohne, aber ich werde trotzdem erscheinen. Aber macht *mich* nicht verantwortlich, wenn es regnet.«

Aber es regnete nicht. Christopher Robin hatte aus langen Hölzern einen langen Tisch gebaut und alle saßen an diesem Tisch. Christopher Robin saß am einen Ende, und Pu saß am anderen, und zwischen ihnen saßen auf der einen Seite Eule und I-Ah und Ferkel, und auf der anderen

Seite saßen Kaninchen und Ruh und Känga zwischen ihnen. Und Kaninchens sämtliche Bekannten-und-Verwandten breiteten sich auf dem Gras aus und warteten voller Hoffnung, dass jemand das Wort an sie richtete oder etwas fallen ließ oder sie fragte, wie spät es war.

Es war die erste Party, auf der Ruh je gewesen war, und Ruh war sehr aufgeregt. Sobald sie alle saßen, begann es zu reden.

»Hallo, Pu!«, quiekte es.

»Hallo, Ruh!«, sagte Pu.

Ruh hüpfte im Sitzen mehrmals auf und ab und danach noch einmal.

»Hallo, Ferkel!«, quiekte es.

Ferkel winkte ihm mit einer Pfote zu und war zu beschäftigt um irgendetwas zu sagen.

»Hallo, I-Ah!«, sagte Ruh.

I-Ah nickte ihm düster zu. »Bald wird es regnen; du wirst schon sehen«, sagte er.

Ruh sah nach und Ruh sah, dass es nicht regnete, und deshalb sagte Ruh: »Hallo, Eule!«, und Eule sagte in freundlicher Weise: »Hallo, mein Kleinesss«, und dann erzählte sie Christopher Robin weiter über den Unfall, der beinahe einem ihrer Bekannten zugestoßen wäre, den Christopher Robin nicht kannte, und Känga sagte zu Ruh: »Trink zuerst deine Milch aus, mein Schatz, und danach kannst du sprechen, Liebes.« Deshalb versuchte Ruh, das seine Milch trank, zu sagen, dass es beides gleichzeitig könne ... Und danach musste man ihm auf den Rücken klopfen und es musste längere Zeit abgetrocknet werden.

Als sie alle fast genug gegessen hatten, knallte Christopher Robin seinen Löffel auf den Tisch und jeder hörte mit Reden auf, nur Ruh nicht, das gerade einen lauten Aufschluck-Anfall hatte und versuchte auszusehen, als hätte einer von Kaninchens Bekannten-und-Verwandten den Schluckauf.

»Diese Party«, sagte Christopher Robin, »ist eine Party wegen etwas, was jemand getan hat, und wir wissen alle, wer es war, und es ist eine Party, weil er getan hat, was er getan hat, und ich habe ein Geschenk für ihn, und hier ist es.« Dann tastete er ein bisschen herum und flüsterte: »Wo ist es?«

Während er suchte, hustete I-Ah auf beeindruckende Weise und begann zu sprechen.

»Freunde«, sagt er, »und sonstiges herumwuselndes Kroppzeug eingeschlossen, es ist ein großes Vergnügen oder vielleicht sollte ich eher sagen: Es war bisher ein großes Vergnügen, euch auf meiner Party zu sehen. Jeder von euch – außer Kaninchen und Känga und Eule – hätte so gehandelt wie ich. Ach, außer Pu. Meine Bemerkungen erstrecken sich natürlich nicht auf Ferkel und Ruh, weil sie zu klein sind. Jeder von euch hätte so gehandelt. Aber es traf sich zufällig so, dass ich es war. Ich brauche kaum hinzuzufügen, dass ich nicht ahnte, dass ich dafür das bekommen würde, was Christopher Robin gerade sucht ...«, und er legte ein Vorderbein an den Mund und sagte mit lautem Geflüster: »Versuch's doch mal unterm Tisch! – und zwar für das, was ich getan habe – aber ich finde, wir alle sollten alles, was in unserer Macht steht, tun um zu helfen. Ich finde, wir alle sollten ...«

»H... Hick!«, sagte Ruh aus Versehen.

»Ruh, Liebes!«, sagte Känga tadelnd.

»War ich das?«, fragte Ruh ein bisschen erstaunt.

»Wovon spricht I-Ah eigentlich?«, flüsterte Ferkel Pu zu.

»Ich weiß es nicht«, sagte Pu ziemlich trübselig.

»Ich dachte, es wäre *deine* Party.«

»Das dachte ich auch mal. Aber wenn es doch vielleicht nicht meine ist?«

»Ich fände es schöner, wenn es deine wäre als die von I-Ah«, sagte Ferkel.

»Ich auch«, sagte Pu.

»H... Hick!«, sagte Ruh wieder.

»WIE – ICH – GERADE – SAGTE«, sagte I-Ah laut und streng, »wie ich gerade sagte, als ich von verschiedenen lauten Geräuschen unterbrochen wurde, finde ich, dass ...«

»Hier ist es!«, schrie Christopher Robin aufgeregt. »Reicht es dem dummen alten Pu weiter. Es ist für Pu.«

»Für Pu?«, sagte I-Ah.

»Natürlich ist es für Pu. Den besten Bären auf der ganzen Welt.«

»Das hätte ich mir denken können«, sagte I-Ah. »Aber wozu sich beklagen? Ich habe immerhin meine Freunde. Erst gestern hat jemand mit mir gesprochen. Und war es nicht letzte – oder vorletzte? – Woche, dass Kaninchen in mich hineingerannt ist und ›So ein Mist!‹ gesagt hat? Die gesellige Runde. Ständig ist was los.«

Niemand hörte zu, denn alle sagten: »Pu, mach's auf« – »Was ist drin, Pu?« – »Ich weiß, was es ist« – »Nein,

weißt du nicht«, und andere hilfreiche Bemerkungen dieser Gattung. Und natürlich machte Pu es so schnell auf, wie er nur irgend konnte, aber ohne den Bindfaden zu zerschneiden, denn man weiß ja nie, wann ein Stück Bindfaden sich als nützlich erweisen könnte. Schließlich war das Geschenk ausgepackt.
Als Pu sah, was es war, fiel er fast um, so erfreut war er. Es war ein spezieller Buntstiftkasten. Es gab Stifte, auf denen »B« stand, und das hieß Bär, und es gab Stifte, auf denen »HB« stand, und das hieß »Hilfsbereiter Bär«, und es gab Stifte, auf denen »TB« stand, und das hieß »Tapferer Bär«. Es gab ein Messer, mit dem man alle Stifte anspitzen konnte, und einen Radiergummi, mit dem man alles ausradieren konnte, was man falsch buchstabiert hatte, und ein Lineal, damit die Wörter etwas hatten, worauf sie gehen konnten, und Zentimeter waren auf dem Lineal verzeichnet, falls man wissen wollte, wie viele Zentimeter lang alles war, und blaue Stifte und rote Stifte und grüne Stifte, um spezielle Sachen in Blau und Rot und Grün sagen zu können. Und all diese herrlichen Sachen waren in ihren eigenen kleinen Taschen in einem

speziellen Kasten, der »Klick« machte, wenn man ihn zuklickte. Und sie waren alle für Pu.
»Oh!«, sagte Pu.
»Oh, Pu!«, sagten alle anderen außer I-Ah.
»Danke«, brummte Pu.
I-Ah sagte nämlich still vor sich hin: »Diese ganze Schreiberei. Bleistifte und was nicht alles. Überbewertet, wenn man mich fragt. Steckt doch nichts dahinter.«
Später, als sie alle »Lebe wohl« und »Danke« zu Christopher Robin gesagt hatten, gingen Pu und Ferkel nachdenklich durch den goldenen Abend nach Hause, und lange war es ganz still.

»Wenn du morgens aufwachst, Pu«, sagte Ferkel schließlich, »was sagst du dann als Erstes zu dir?«
»›Was gibt's zum Frühstück?‹«, sagte Pu. »Was sagst du, Ferkel?«
»Ich sage: ›Ich frage mich, was *heute* Aufregendes passieren wird‹«, sagte Ferkel.
Pu nickte gedankenschwer.

»Das ist dasselbe«, sagte er.
»Und was ist passiert?«, fragte Christopher Robin.
»Wann?«
»Am nächsten Morgen.«
»Ich weiß es nicht.«
»Könntest du nachdenken und es mir und Pu irgendwann erzählen?«
»Wenn du es dir sehr wünschst.«
»Pu wünscht es sich sehr«, sagte Christopher Robin.
Er seufzte ganz tief, hob seinen Bären am Bein auf und ging zur Tür, wobei er Winnie-den-Pu hinter sich her zog. Bei der Tür drehte er sich um und sagte: »Kommst du mit und siehst dir an, wie ich bade?«
»Vielleicht«, sagte ich.
»War Pus Buntstiftkasten besser als meiner?«
»Er war genau wie deiner«, sagte ich.
Er nickte und ging hinaus ... und einen Augenblick später hörte ich Winnie-den-Pu – *rumpeldipumpel* –, wie er hinter ihm die Treppe hinaufging.

Anstelle eines Vorworts

Milne, der Verfasser von *Pu der Bär*, hieß mit Vornamen Alan Alexander; wir können also davon ausgehen, dass seine Freunde »Al« zu ihm sagten. Oder sogar »Al-Al«. Als Milne zum Beispiel gerade überlegte, wie er den Bären, über den er ein Buch schreiben wollte, nennen sollte, kamen seine besten Freunde Keats und Chapman mit dem Fahrrad vorbei. »Hallo, Al-Al«, rief Keats, »kommst du mit, ein gepflegtes Bierchen zischen?« »Nein«, sagte Milne, »ich hab keine Zeit. Ich überlege gerade, wie ich den Bären nennen soll, über den ich ein Buch schreiben will.« »Na, dann eben nicht«, sagte Keats. »Wer nicht will, der hat schon«, sagte Chapman. »Puh!«, rief Keats. »Genau«, sagte Milne.
Alan Alexander Milne wurde am 18. Januar 1882 in London als Sohn eines Schulrektors geboren. Er ging auf die Westminster School und studierte in Cambridge Mathematik. Nach dem Studium wurde er nicht Mathematiker, sondern freier Journalist und dann von 1906 bis 1914 Redakteur bei der satirischen Zeitschrift *Punch*. Während des Kriegsdienstes schrieb er seine ersten Komödien für das Theater, und nach dem 1. Weltkrieg wurde er ein regelrechter Erfolgsautor für komische Bühnenstücke. Dann kriegte seine Frau ein Kind – Christopher Robin –, und Milne begann für Kinder zu schreiben. Am 14. Oktober 1926 erschien *Winnie-the-Pooh*. Und Christopher Robin findet heute natürlich nichts alberner, als wenn man zu ihm sagt: »Ach, Sie sind Christopher Robin? Wie nett. Dann erzählen Sie mal.«

Harry Rowohlt